I0657629

PAUL ET VIRGINIE

—

2e SÉRIE GRAND IN-8o

1693

Y2

Elles prenaient plaisir à les coucher dans le même berceau.

PAUL

ET

VIRGINIE

SUIVI DE MORCEAUX CHOISIS

DE L'ARCADIE ET DES ÉTUDES DE LA NATURE

PAR

J.-H. BERNARDIN DE SAINT-PIERRE

Avec une Biographie de l'auteur

VINGT-TROISIÈME ÉDITION

REVUE

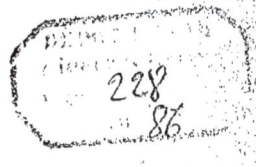

TOURS

ALFRED MAME ET FILS, ÉDITEURS

M DCCC LXXXV

BIOGRAPHIE DE L'AUTEUR

JACQUES-HENRI-BERNARDIN DE SAINT-PIERRE naquit au Havre le 21 janvier 1737. Sa famille descendait, dit-on, du fameux Eustache de Saint-Pierre, dont le dévouement sauva la ville de Calais, obligée de se rendre à Édouard III, roi d'Angleterre. Ses parents lui donnèrent une éducation soignée, et firent tous leurs efforts pour lui inspirer l'amour de la vertu. Le jeune Bernardin répondit d'abord parfaitement à leurs vues. Il lisait avec délices la Vie des saints, surtout celle des solitaires de la Thébaïde. Leur mépris pour les biens de la terre, leur confiance en Dieu, l'attention bienveillante de la Providence le frappaient d'une vive admiration. On rapporte à ce sujet qu'étant âgé de neuf ans, il prit la résolution de renoncer à tout, pour s'attacher comme eux à Dieu seul. Il partit donc sans avoir communiqué son dessein à personne ; et, ayant trouvé un petit bois à quelque distance de la ville, il s'y arrêta, croyant que c'était une solitude inaccessible à tous les profanes humains. Il passa la journée d'une manière fort agréable, entremêlant, comme on pense, le jeu à la prière. Cependant la nuit approchait. Les petites provisions étaient consommées, la faim se faisait sentir : que faire dans un si pressant besoin ? Il se mit à genoux fort dévotement, et pria le bon Dieu d'envoyer un ange à son secours. Dieu écouta sa prière ; car au même instant sa bonne arriva tout épuisée de fatigue, et, après l'avoir bien grondé, le ramena à la maison.

Depuis ce temps, son imagination ardente ne lui laissa presque plus de repos. La passion des voyages avait remplacé le désir de la vie solitaire. Il avait lu les aventures des voyageurs célèbres, perdus sous des cieux étrangers, errant sur des mers inconnues. Il n'aspirait plus qu'à se mettre en mer pour découvrir des îles et fonder des colonies. Sur ces entrefaites, il se prit d'amitié avec un capucin qui fréquentait la maison de son père. Ce religieux le charma tellement par le récit de ses courses, qu'il voulait absolument l'accompagner, et ses parents furent obligés d'y consentir. Il parcourut ainsi la Normandie, un bâton à la main, supportant avec courage toutes les fatigues d'un genre de vie si pénible. Il paraissait décidé tout de bon à se faire capucin, et, pour l'en détourner, il fallut lui permettre de suivre son oncle, qui commandait un vaisseau destiné pour la Martinique. Ce voyage lui fut utile ; car il souffrit horriblement du mal de mer, et fut attaqué, en arrivant à la Martinique, d'une maladie qui faillit le conduire au tombeau. Ces événements fâcheux, et quelques contrariétés qu'il avait éprouvées de la part de son oncle, calmèrent un peu son imagination , et à son retour il consentit à reprendre le cours de ses études. Ses parents le placèrent à Gisors, chez les jésuites, où il goûta quelques moments de paix et de bonheur dans la pratique de la vertu.

Cet état ne pouvait durer longtemps ; la lecture des *Lettres édifiantes*, les travaux apostoliques des missionnaires lui inspirèrent le désir de se faire jésuite, et, comme il était incapable de garder aucune mesure , il rêvait continuellement le martyre et la conversion des peuples sauvages. Mais cette ferveur était plutôt dans son imagination que dans son cœur ; il désirait la gloire plutôt que l'opprobre de la croix : il ne pouvait donc atteindre ces hauteurs.

Après avoir terminé ses études classiques, il entra à l'école des ponts et chaussées, et se livra avec succès aux mathématiques. Ce fut alors que des liaisons intimes avec de jeunes incrédules ébranlèrent fortement sa foi, et lui firent faire un triste naufrage. Il conserva toujours l'amour de la vertu, la croyance en Dieu, du respect même pour l'Évangile ; mais il ne vit plus dans la religion chrétienne qu'une institution humaine, et dans Jésus-Christ qu'un législateur plus parfait que les autres.

L'école des ponts et chaussées ayant été dissoute, il entra dans un corps d'ingénieurs, et partit pour l'Allemagne, où nous faisions une guerre malheureuse. L'année suivante, il fut envoyé à Malte, menacée d'une invasion par les Turcs. Après ces expéditions il se vit privé de sa place, délaissé de ses parents, et réduit à la dernière nécessité. Il résolut donc d'aller chercher fortune dans les pays étrangers. Depuis longtemps il rêvait la fondation d'une république parfaite, d'où l'injustice et la corruption seraient complètement bannies, où tous les hommes s'encourageraient mutuellement à la vertu. Catherine II, qui régnait en Russie, lui paraissant plus propre que tous les autres souverains à comprendre ses plans, il vendit le peu qu'il possédait, et se rendit à Saint-Pétersbourg. Son intention était d'aller s'établir sur les bords de la mer d'Aral. Mais ses projets ne furent point adoptés ; et il se trouva fort heureux d'obtenir le grade d'ingénieur lieutenant dans le corps du génie. Cette place lui procura une honnête aisance, et il aurait passé volontiers le reste de ses jours en Russie, si la rigueur du froid n'eût altéré sa santé, ou plutôt s'il eût été assez maître de lui-même pour se fixer quelque part.

Lorsqu'il revint à Paris, on parlait de coloniser l'île de Madagascar. Cette nouvelle fut pour lui un trait de lumière : il recueille toutes ses idées, présente au gouvernement plusieurs plans qui attirent sur lui l'attention, et est envoyé à l'île de France en qualité d'ingénieur. Il devait passer de là à Madagascar pour y réaliser ses projets; mais une division qui s'éleva entre les principaux chefs le retint à l'île de France, heureusement pour lui; car presque tous ceux qui passèrent à Madagascar périrent de faim et de misère.

Pendant son séjour à l'île de France, il eut beaucoup à souffrir de la persécution de ses collègues, qui ne voyaient en lui qu'un rival dangereux.

De plus, son traitement, payé en papier-monnaie, était si faible, qu'à peine pouvait-il suffire aux besoins les plus pressants. Il sollicita donc son retour en Europe, et l'obtint. Il avait recueilli grand nombre de curiosités; il espérait en retirer une somme considérable, en les offrant à un ambassadeur qui lui avait promis sa protection. L'ambassadeur accepta son présent, et ne lui donna que des paroles pour récompense.

Dès ce moment Bernardin résolut de ne plus compter que sur lui-même; il se mit à écrire et publia la relation de son voyage à l'île de France. Cet ouvrage lui attira les railleries des philosophes qui avaient abjuré toute croyance en Dieu. Quelques opinions le rendirent suspect au gouvernement, et il se trouva réduit à louer une petite chambre au cinquième étage dans le faubourg Saint-Victor. Il y passa plusieurs années dans la plus grande détresse. On en jugera par ce peu de mots trouvés dans une de ses lettres: « Tout ce que j'ai aimé s'est éloigné de moi, je me porte mal!... Je n'ai plus ni linge ni habits; mes courses à pied ont achevé de les user. » C'est dans cet obscur réduit qu'il composa les *Études de la nature*. Les trois premiers volumes lui firent une brillante réputation. L'auteur reçut plusieurs pensions de la cour, et fut nommé intendant du jardin des Plantes par Louis XVI.

Quatre ans plus tard, en 1788, il publia *Paul et Virginie*, livre admirable, qui réunit le charme du style à l'intérêt du roman, et qui mit le comble à sa gloire. On raconte que l'auteur, découragé par l'accueil peu flatteur que Buffon, Thomas et autres littérateurs célèbres avaient fait à son manuscrit, était résolu de le jeter au feu, quand le peintre Vernet, son disciple, arriva chez lui. Vernet, trouvant son ami tout affligé, lui en demanda la raison : Bernardin la lui avoua naïvement, et consentit à lui lire son ouvrage. Dès les premières pages, Vernet fut transporté d'admiration, et, sans lui laisser achever sa lecture, il s'écria avec enthousiasme : « Mon ami, vous avez fait un chef-d'œuvre ! » Le public confirma bientôt ce jugement. *Paul et Virginie* fut traduit dans toutes les langues, et l'auteur, exposé si longtemps à la tempête, pouvait désormais compter sur un sort plus heureux. Mais le moment n'était pas encore arrivé ; un orage plus terrible était sur le point d'éclater. Cette révolution qu'il avait prévue lui fit perdre sa place et toute sa fortune ; toutefois il eut la prudence de se tenir à l'écart, et de refuser tous les postes qui lui furent offerts. Par cette sage conduite il échappa à la hache révolutionnaire, qui fit tomber tant de têtes sans épargner les talents.

Bonaparte releva la fortune de Bernardin, et lui donna la croix d'honneur ; Joseph, roi d'Espagne, y ajouta une pension de six mille francs. Ces gratifications lui permirent d'acheter une maison de campagne dans le village d'Éragny, à vingt-huit kilomètres de Paris, où il mourut en paix, le 21 janvier 1814.

AVANT-PROPOS

DE L'AUTEUR

———

Je me suis proposé de grands desseins dans ce petit ouvrage. J'ai tâché d'y peindre un sol et des végétaux différents de ceux de l'Europe. Des poètes ont assez reposé leurs héros sur les bords des ruisseaux, dans les prairies et sous le feuillage des hêtres. J'en ai voulu asseoir sur le rivage de la mer, au pied des rochers, à l'ombre des cocotiers, des bananiers et des citronniers en fleur. Il ne manque à l'autre partie du monde que des Théocrites et des Virgiles, pour que nous en ayons des tableaux au moins aussi intéressants que ceux de notre pays. Je sais que des voyageurs pleins de goût nous ont donné des descriptions enchantées de plusieurs îles de la mer du Sud; mais les mœurs de tous les habitants, encore plus celles des Européens qui y abondent, en gâtent souvent le paysage. J'ai désiré réunir à la beauté de la nature entre les tropiques la beauté morale d'une petite société. Je me suis proposé aussi d'y mettre en évidence plusieurs grandes vérités, entre autres celle-ci : que notre bonheur consiste à vivre suivant la vertu. Cependant il ne m'a point fallu imaginer de roman pour peindre des familles heureuses. Je puis assurer que celles dont je vais parler ont vraiment existé, et que leur histoire est vraie dans ses principaux événements. Ils m'ont été certifiés par plusieurs habitants que j'ai connus à l'île de France. Je n'y ai ajouté que quelques circonstances indifférentes, mais qui, m'étant personnelles, ont encore en cela même de la réalité. Lorsque j'eus formé, il y a quelques années, une esquisse fort imparfaite de cette espèce de pastorale, je priai une dame qui fréquentait le grand monde, et des hommes graves qui en vivaient loin, d'en entendre la lecture, afin de pressentir l'effet qu'elle produirait sur des lecteurs de caractères si différents; j'eus la satisfaction de leur voir verser à tous des larmes. Ce fut le seul jugement que j'en pus tirer, et c'était aussi tout ce que j'en voulais savoir. Mais comme souvent un grand vice marche à la suite d'un petit talent, ce succès m'inspira la vanité de donner à mon ouvrage le titre de *Tableau de la nature.* Heureusement je me rappelai combien la nature même du climat où je suis né m'était étrangère; combien, dans des pays où je n'ai vu ses productions qu'en voyageur, elle est riche, variée, aimable, magnifique, mystérieuse, et combien je suis dénué de sagacité, de goût et d'expression, pour la connaître et la peindre. J'ai donc compris ce faible essai sous le nom et à la suite de mes *Études de la nature,* que le public a accueillies avec tant de bonté, afin que ce titre, lui rappelant mon incapacité, le fît toujours souvenir de son indulgence.

PAUL ET VIRGINIE

Sur la côte orientale de la montagne qui s'élève derrière le Port-Louis de l'île de France, on voit, dans un terrain jadis cultivé, les ruines de deux petites cabanes. Elles sont situées presque au milieu d'un bassin formé par de grands rochers, qui n'a qu'une seule ouverture tournée au nord. On aperçoit à gauche la montagne appelée le morne de la Découverte, d'où l'on signale les vaisseaux qui abordent dans l'île, et, au bas de cette montagne, la ville nommée le Port-Louis ; à droite le chemin qui mène du Port-Louis au quartier des Pamplemousses ; ensuite l'église de ce nom, qui s'élève avec ses avenues de bambous au milieu d'une grande plaine ; et, plus loin, une forêt qui s'étend jusqu'aux extrémités de l'île. On distingue devant soi, sur les bords de la mer, la baie du Tombeau ; un peu sur la droite, le

2

cap Malheureux ; et, au delà, la pleine mer, où paraissent à fleur d'eau quelques îlots inhabités, entre autres le coin de Mire, qui ressemble à un bastion au milieu des flots.

A l'entrée de ce bassin, d'où l'on découvre tant d'objets, les échos de la montagne répètent sans cesse le bruit des vents qui agitent les forêts voisines, et le fracas des vagues qui se brisent au loin sur les récifs ; mais, au pied même des cabanes, on n'entend plus aucun bruit, et on ne voit autour de soi que de grands rochers escarpés comme des murailles. Des bouquets d'arbres croissent à leurs bases, dans leurs fentes et jusque sur leurs cimes, où s'arrêtent les nuages. Les pluies, que leurs pitons attirent, peignent souvent les couleurs de l'arc-en-ciel sur leurs flancs verts et bruns, et entretiennent à leur pied les sources dont se forme la petite rivière des Lataniers. Un grand silence règne dans leur enceinte, où tout est paisible, l'air, les eaux et la lumière. A peine l'écho y répète le murmure des palmistes qui croissent sur leurs plateaux élevés, et dont on voit les longues flèches toujours balancées par les vents. Un jour doux éclaire le fond de ce bassin, où le soleil ne luit qu'à midi ; mais dès l'aurore ses rayons en frappent le couronnement, dont les pics, s'élevant au-dessus des ombres de la montagne, paraissent d'or et de pourpre sur l'azur des cieux.

J'aimais à me rendre dans ce lieu, où l'on jouit à la fois d'une vue immense et d'une solitude profonde.

Un jour que j'étais assis au pied de ces cabanes, et que j'en considérais les ruines, un homme déjà sur l'âge vint à passer aux environs. Il était, suivant la coutume des anciens habitants, en petite veste et en long caleçon. Il marchait nu-pieds, et s'appuyait sur un bâton de bois d'ébène. Ses cheveux étaient tout blancs, et sa physionomie noble et simple. Je le saluai avec respect. Il me rendit mon salut; et, m'ayant considéré un moment, il s'approcha de moi, et vint se reposer sur le tertre où j'étais assis. Excité par cette marque de confiance, je lui adressai la parole : « Mon père, lui dis-je, pourriez-vous m'apprendre à qui ont appartenu ces deux cabanes? » Il me répondit : « Mon fils, ces masures et ce terrain inculte étaient habités, il y a environ vingt ans, par deux familles qui y avaient trouvé le bonheur. Leur histoire est touchante; mais dans cette île, située sur la route des Indes, quel Européen peut s'intéresser au sort de quelques particuliers obscurs? qui voudrait même y vivre heureux, mais pauvre et ignoré? Les hommes ne veulent connaître que l'histoire des grands et des rois, qui ne sert à personne. — Mon père, repris-je, il est aisé de juger à votre air et à votre discours que vous avez acquis une grande expérience. Si vous en avez le temps, racontez-moi, je vous prie, ce que vous savez des anciens habitants de ce désert, et croyez que l'homme même le plus dépravé par les préjugés du monde aime à entendre parler du bonheur que donnent la nature

et la vertu. » Alors, comme quelqu'un qui cherche
à se rappeler diverses circonstances, après avoir ap-
puyé quelque temps ses mains sur son front, voici ce
que ce vieillard me raconta :

En 1726, un jeune homme de Normandie appelé
M. de la Tour, après avoir sollicité en vain du service
en France, et des secours dans sa famille, se déter-
mina à venir dans cette île pour y chercher fortune.
Il avait avec lui une jeune femme qu'il aimait beaucoup, et dont il était également aimé. Elle était d'une
ancienne et riche maison de sa province; mais il
l'avait épousée en secret et sans dot, parce que les
parents de sa femme s'étaient opposés à son mariage,
attendu qu'il n'était pas gentilhomme. Il la laissa au
Port-Louis de cette île, et il s'embarqua pour Madagascar, dans l'espérance d'y acheter quelques noirs,
et de revenir promptement ici former une habitation.
Il débarqua à Madagascar vers la mauvaise saison,
qui commence à la mi-octobre; et peu de temps
après son arrivée il y mourut des fièvres pestilen-
tielles qui y règnent pendant six mois de l'année, et
qui empêcheront toujours les nations européennes
d'y faire des établissements fixes. Les effets qu'il
avait emportés avec lui furent dispersés après sa
mort, comme il arrive ordinairement à ceux qui
meurent hors de leur patrie. Sa femme, restée à l'île
de France, se trouva veuve, enceinte, et n'ayant pour
tout bien au monde qu'une négresse, dans un pays
où elle n'avait ni crédit ni recommandation. Ne vou-

lant rien solliciter auprès d'aucun homme après la
mort de celui qu'elle avait uniquement aimé, son malheur lui donna du courage. Elle résolut de cultiver
avec son esclave un petit coin de terre, afin de se
procurer de quoi vivre.

Dans une île presque déserte, dont le terrain était
à discrétion, elle ne choisit point les cantons les plus
fertiles et les plus favorables au commerce ; mais
cherchant quelque gorge de montagne, quelque asile
caché où elle pût vivre seule et inconnue, elle s'a-
chemina de la ville vers ces rochers pour s'y retirer
comme dans un nid. C'est un instinct commun à
tous les êtres sensibles et souffrants de se réfugier
dans les lieux les plus sauvages et les plus déserts, comme si des rochers étaient des remparts
contre l'infortune, et comme si le calme de la
nature pouvait apaiser les troubles malheureux de
l'âme. Mais la Providence, qui vient à notre secours lorsque nous ne voulons que les biens nécessaires, en réservait un à Mme de la Tour que ne
donnent ni les richesses ni la grandeur : c'était
une amie.

Dans ce lieu, depuis un an, demeurait une femme
vive, bonne et sensible ; elle s'appelait Marguerite.
Elle était née en Bretagne d'une famille honnête.
Abandonnée de son mari, abandonnée de ses plus
proches parents, réduite à la plus extrême indigence, elle s'était déterminée à quitter pour toujours
le village où elle était née et à aller pleurer ses

malheurs aux colonies, loin de son pays, où elle ne pouvait plus goûter aucune consolation. Un vieux noir cultivait avec elle un petit coin de ce canton; un enfant né depuis quelques mois faisait déjà son bonheur.

Mme de la Tour, suivie de sa négresse, trouva dans ce lieu Marguerite, qui allaitait son enfant. Elle fut charmée de rencontrer une femme dans une position qu'elle jugea semblable à la sienne. Elle lui parla en peu de mots de sa condition passée et de ses besoins présents. Marguerite, au récit de Mme de la Tour, fut émue de pitié; elle lui raconta ses malheurs, et lui offrit en pleurant sa cabane et son amitié. Mme de la Tour, touchée d'un accueil si tendre, lui dit en la serrant dans ses bras: « Ah! Dieu veut finir mes peines, puisqu'il vous inspire plus de bonté envers moi, qui vous suis étrangère, que jamais je n'en ai trouvé dans mes parents. »

Je connaissais Marguerite; et quoique je demeure à une lieue et demie d'ici, dans les bois, derrière la Montagne-Longue, je me regardais comme son voisin. Dans les villes d'Europe, une rue, un simple mur, empêchent les membres d'une même famille de se réunir pendant des années entières; mais, dans les colonies nouvelles, on considère comme ses voisins ceux dont on n'est séparé que par des bois et des montagnes. Dans ce temps-là surtout, où cette île faisait peu de commerce aux Indes, le simple voisinage était un titre d'amitié, et l'hospitalité envers les étrangers, un devoir et un plaisir. Lorsque j'appris que ma voisine avait une compagne, je fus la voir pour tâcher d'être utile à l'une et à l'autre. Je trouvai dans Mme de la Tour une personne d'une figure intéressante, pleine de noblesse et de mélancolie.

Je dis à ces deux dames qu'il convenait, pour l'intérêt de leurs enfants, et surtout pour empêcher l'établissement de quelque autre habitant, de partager entre elles le fond de ce bassin, qui contient environ vingt arpents. Elles s'en rapportèrent à moi pour ce partage. J'en formai deux portions à peu près égales : l'une renfermait la partie supérieure de cette enceinte, depuis ce piton de rocher couvert de nuages, d'où sort la source de la rivière des Lataniers, jusqu'à cette ouverture escarpée que vous voyez au haut de la montagne, et qu'on appelle l'embrasure, parce qu'elle ressemble, en effet, à une embrasure de canon. Le fond de ce sol est si rempli de rochers et de ravins qu'à peine on peut y marcher; cependant il produit de grands arbres, et il est rempli de fontaines et de petits ruisseaux. Dans l'autre portion je compris toute la partie inférieure qui s'étend le long de la rivière des Lataniers jusqu'à l'ouverture où nous sommes, d'où cette rivière commence à couler entre deux collines jusqu'à la mer. Vous y voyez quelques lisières de prairies et un terrain assez uni, mais qui n'est guère meilleur que l'autre; car dans la saison des pluies il est marécageux, et dans les sécheresses il est dur comme du plomb; quand on y veut alors ouvrir une tranchée, on est obligé de le couper avec des haches.

Après avoir fait ces deux partages, j'engageai ces deux dames à les tirer au sort. La partie supérieure échut à Mme de la Tour, et l'inférieure à Marguerite. L'une et l'autre furent contentes de leurs lots; mais elles me prièrent de ne pas séparer leur demeure, « afin, me dirent-elles, que nous puissions toujours nous voir, nous parler et nous entr'aider. » Il fallait cependant à chacune d'elles une retraite particulière. La case de Marguerite se trouvait au milieu du bassin, précisément sur les limites de son terrain. Je bâtis tout auprès, sur celui de Mme de la Tour, une autre case, de sorte que ces deux amies étaient à la fois dans le voisinage l'une de l'autre et sur la propriété de leurs familles. Moi-même j'ai coupé des palissades dans la montagne ; j'ai apporté des feuilles de latanier des bords de la mer pour construire ces deux cabanes, où vous ne voyez plus maintenant ni porte ni ouverture. Hélas! il n'en reste encore que trop pour m'en souvenir! Le temps, qui détruit si rapidement les monuments des empires, semble respecter dans ces déserts ceux de l'amitié, pour perpétuer mes regrets jusqu'à la fin de ma vie.

A peine la seconde de ces cabanes était achevée, que Mme de la Tour mit au monde une fille. J'avais été parrain de l'enfant de Marguerite, qui s'appelait Paul. Mme de la Tour me pria aussi de tenir sa fille sur les fonts sacrés conjointement avec son amie.

Celle-ci lui donna le nom de Virginie. « Elle sera vertueuse, dit-elle, et elle sera heureuse. On ne connaît le malheur qu'en s'écartant de la vertu. »

Bientôt ces deux petites habitations commencèrent à être de quelque rapport, à l'aide des soins que j'y donnais de temps en temps, mais surtout par les travaux assidus de leurs esclaves. Celui de Marguerite, appelé Domingue, était un noir iolof, encore robuste, quoique déjà sur l'âge. Il avait de l'expérience et un bon sens naturel. Il cultivait indifféremment sur les deux habitations les terrains qui lui semblaient les plus fertiles, et y mettait les semences qui leur convenaient le mieux. Il semait du petit mil et du maïs dans les endroits médiocres, un peu de froment dans les bonnes terres, du riz dans les fonds marécageux, et au pied des rochers des giraumonts, des courges et des concombres, qui se plaisent à y grimper. Il plantait dans les lieux secs des patates, qui y viennent très sucrées, des cotonniers sur les hauteurs, des cannes à sucre dans les terres fortes, des pieds de café sur les collines, où le grain est petit, mais excellent; le long de la rivière et autour des cases, des bananiers, qui donnent toute l'année de longs régimes de fruits avec un bel ombrage, et enfin quelques plants de tabac pour charmer ses soucis et ceux de ses bonnes maîtresses. Il allait couper du bois à brûler dans la montagne, et casser des roches çà et là dans les habitations pour en aplanir les chemins. Il faisait tous ces ouvrages avec in-

telligence et activité, parce qu'il les faisait avec zèle.
Il était fort attaché à Marguerite, et il ne l'était guère
moins à Mme de la Tour, dont il avait épousé la négresse à la naissance de Virginie. Il aimait beaucoup
sa femme, qui s'appelait Marie. Elle était née à Madagascar, d'où elle avait apporté quelque industrie,
surtout celle de faire des paniers et des étoffes appe-
lées pagnes, avec des herbes qui croissent dans les
bois. Elle était adroite, propre et fidèle. Elle avait
soin de préparer à manger, d'élever quelques poules,
et d'aller de temps en temps vendre au Port-Louis le
superflu de ces deux habitations, qui était bien peu
considérable. Si vous y joignez deux chèvres élevées
près des enfants, et un gros chien qui veillait la nuit
au dehors, vous aurez une idée de tout le revenu et
de tout le domestique de ces deux petites métairies.

Pour ces deux amies, elles filaient du matin au
soir du coton. Ce travail suffisait à leur entretien et
à celui de leur famille; mais d'ailleurs elles étaient
si dépourvues de commodités étrangères, qu'elles
marchaient nu-pieds dans leur habitation, et ne portaient de souliers que pour aller le dimanche, de
grand matin, à la messe à l'église des Pamplemousses, que vous voyez là-bas. Il y a cependant
bien plus loin qu'au Port-Louis; mais elles se rendaient rarement à la ville, de peur d'y être mépri-
sées, parce qu'elles étaient vêtues de grosse toile
bleue du Bengale, comme des esclaves. Après tout,
la considération publique vaut-elle le bonheur do-

mestique? Si ces dames avaient un peu à souffrir au
dehors, elles rentraient chez elles avec d'autant plus
de plaisir. A peine Marie et Domingue les apercevaient de cette hauteur sur le chemin des Pamplemousses, qu'ils accouraient jusqu'au bas de la montagne pour les aider à la remonter. Elles lisaient
dans les yeux de leurs esclaves la joie qu'ils avaient
de les revoir. Elles trouvaient chez elles la propreté,
la liberté, des biens qu'elles ne devaient qu'à leurs
propres travaux, et des serviteurs pleins de zèle et
d'affection. Elles-mêmes, unies par les mêmes besoins, ayant éprouvé des maux presque semblables,
se donnant les doux noms d'amie, de compagne et
de sœur, n'avaient qu'une volonté, qu'un intérêt,
qu'une table. Tout entre elles était commun. Seulement, si d'anciens feux plus vifs que ceux de l'amitié
se réveillaient dans leur âme, une religion pure,
aidée par des mœurs chastes, les dirigeait vers une
autre vie, comme la flamme qui s'envole vers le ciel
lorsqu'elle n'a plus d'aliment sur la terre.

Les devoirs de la nature ajoutaient encore au bonheur de leur société. Leur amitié mutuelle redoublait
à la vue de leurs enfants. Elles prenaient plaisir à les
coucher dans le même berceau. Souvent elles les
changeaient de lait. « Mon amie, disait Mme de la
Tour, chacune de nous aura deux enfants, et chacun
de nos enfants aura deux mères. »

Rien n'était comparable à l'attachement que se
témoignaient ces deux enfants. Si Paul venait à se

plaindre, on lui montrait Virginie; à sa vue il sou-
riait et s'apaisait. Si Virginie souffrait, on en était
averti par les cris de Paul; mais cette aimable fille
dissimulait aussitôt son mal, pour qu'il ne souffrît
pas de sa douleur. Je n'arrivais point de fois ici que
je ne les visse tous deux, pouvant à peine marcher,
se tenant ensemble par les mains et sous les bras
comme on représente la constellation des Gémeaux.

Lorsqu'ils surent parler, les premiers noms qu'ils
apprirent à se donner furent ceux de frère et de
sœur. L'enfance, qui connaît des caresses plus
tendres, ne connaît point de plus doux noms. Leur
éducation ne fit que redoubler leur amitié, en la dirigeant vers leurs besoins réciproques. Bientôt tout
ce qui regarde l'économie, la propreté, le soin de
préparer un repas champêtre, fut du ressort de Virginie; Paul, sans cesse en action, bêchait le jardin
avec Domingue, ou, une petite hache à la main, il le
suivait dans les bois, et si dans ses courses une belle
fleur, un bon fruit ou un nid d'oiseau se présentaient à lui, eussent-ils été au haut d'un arbre, il
l'escaladait pour les apporter à sa sœur.

Toute leur étude était de s'entr'aider. Au reste, ils
étaient ignorants comme des créoles, et ne savaient
ni lire ni écrire. Ils ne s'inquiétaient pas de ce qui
s'était passé dans les temps reculés et loin d'eux;
leur curiosité ne s'étendait pas au delà de cette
montagne. Ils croyaient que le monde finissait où
finissait leur île, et ils n'imaginaient rien d'aimable

où ils n'étaient pas. L'affection de leurs mères occupait toute l'activité de leurs âmes. Jamais les sciences n'avaient fait couler leurs larmes. Jamais les leçons d'un précepteur ne les avaient remplis d'ennui. On leur avait appris tout ce qui fait aimer la religion. On les voyait attentifs et recueillis à l'église; partout où ils étaient, dans la maison, dans les bois, dans les champs, ils levaient vers le ciel des mains innocentes et un cœur plein de l'amour de leurs parents.

Ainsi se passa leur première enfance, comme une belle aube qui annonce un plus beau jour. Déjà ils partageaient avec leurs mères tous les soins du ménage. Dès que le chant du coq annonçait le retour de l'aurore, Virginie se levait et allait puiser de l'eau à la source voisine, et rentrait dans la maison pour préparer le déjeuner. Bientôt après, quand le soleil dorait les pitons de cette enceinte, Marguerite et son fils se rendaient chez Mme de la Tour; alors ils commençaient tous ensemble une prière suivie du premier repas; ils le prenaient devant la porte, assis sur l'herbe, sous un berceau de bananiers qui leur fournissaient à la fois des mets tout préparés dans leurs fruits substantiels, et du linge de table dans leurs feuilles larges, longues et lustrées. Une nourriture saine et abondante développait rapidement les corps de ces deux jeunes gens, et une éducation douce peignait dans leur physionomie la pureté et le contentement de leur âme. Virginie n'avait que douze ans; déjà sa taille était plus qu'à demi formée; de

grands cheveux blonds ombrageaient sa tête; ses
yeux brillaient du plus vif éclat. Pour Paul, on voyait
déjà se développer en lui le caractère d'un homme
au milieu des grâces de l'adolescence. Sa taille était
plus élevée que celle de Virginie, son teint plus rem-
bruni, son nez plus aquilin, et ses yeux, qui étaient
noirs, auraient eu un peu de fierté, si les longs cils
qui rayonnaient autour comme des pinceaux ne
leur avaient donné la plus grande douceur. Quoiqu'il
fût toujours en mouvement, dès que sa sœur paraissait il devenait tranquille et allait s'asseoir auprès
d'elle. Souvent leur repas se passait sans qu'ils se
dissent un mot. A leur silence et à la naïveté de leurs
attitudes, on eût cru voir un groupe antique de
marbre blanc représentant quelques-uns des enfants
de Niobé; mais à leurs regards qui cherchaient à se
rencontrer, à leurs sourires rendus par de plus doux
sourires, on les eût pris pour ces enfants du ciel,
pour ces esprits bienheureux dont la nature est de
s'aimer, et qui n'ont pas besoin de rendre le sentiment par des pensées, l'amitié par des paroles.

Cependant Mme de la Tour, voyant sa fille se développer, sentait augmenter son inquiétude avec sa ten-
dresse. Elle me disait quelquefois: « Si je venais à
mourir, que deviendrait Virginie sans fortune? »

Elle avait en France une tante, fille de qualité,
riche et vieille, qui lui avait refusé si durement des
secours, lorsqu'elle se fut mariée à M. de la Tour,
qu'elle s'était bien promis de n'avoir jamais recours

à elle, à quelque extrémité qu'elle fût réduite. Mais, devenue mère, elle ne craignit plus la honte d'un refus. Elle manda à sa tante la mort inattendue de son mari, la naissance de sa fille, et l'embarras où elle se trouvait, loin de son pays, dénuée de support, et chargée d'une enfant. Elle n'en reçut point de réponse. Elle, qui était d'un caractère élevé, ne craignit plus de s'humilier et de s'exposer aux reproches de sa parente, qui ne lui avait jamais pardonné d'avoir épousé un homme sans naissance, quoique vertueux. Elle lui écrivait donc par toutes les occasions, afin d'exciter sa sensibilité en faveur de Virginie. Mais bien des années s'étaient écoulées sans qu'elle reçût d'elle aucune marque de souvenir.

Enfin, en 1738, trois ans après l'arrivée de M. de la Bourdonnaye dans cette île, Mme de la Tour apprit que ce gouverneur avait à lui remettre une lettre de là part de sa tante. Elle courut au Port-Louis, sans se soucier cette fois d'y paraître mal vêtue, la joie maternelle la mettant au-dessus du respect humain. M. de la Bourdonnaye lui donna, en effet, une lettre de sa tante. Celle-ci mandait à sa nièce qu'elle avait mérité son sort, pour avoir épousé un aventurier; que les passions portaient avec elles leur punition; que la mort prématurée de son mari était un juste châtiment de Dieu; qu'elle avait bien fait de passer aux îles plutôt que de déshonorer sa famille en France; qu'elle était après tout dans un bon pays, où tout le monde faisait fortune, excepté les paresseux.

Elle ajoutait par un post-scriptum que, toute réflexion faite, elle l'avait fortement recommandée à
M. de la Bourdonnaye. Elle l'avait, en effet, recommandée, mais suivant un usage bien connu aujourd'hui, qui rend un protecteur plus à craindre qu'un
ennemi déclaré : afin de justifier aux yeux du gouverneur sa dureté pour sa nièce, en feignant de la
plaindre elle l'avait calomniée.

Mme de la Tour fut reçue avec beaucoup de froideur
par M. de la Bourdonnaye, prévenu contre elle. Il ne
répondit à l'exposé qu'elle lui fit de sa situation et
de celle de sa fille que par de durs monosyllabes.
« Je verrai...; nous verrons...; avec le temps...; il y a
bien des malheureux... Pourquoi indisposer une tante
respectable?... C'est vous qui avez tort. »

Mme de la Tour retourna à l'habitation le cœur
navré de douleur et plein d'amertume. En arrivant,
elle s'assit, jeta sur la table la lettre de sa tante, et
dit à son amie : « Voilà le fruit de onze ans de patience! » Mais comme il n'y avait que Mme de la Tour
qui sût lire dans la société, elle reprit la lettre, et en
fit la lecture devant toute la famille assemblée. A
peine était-elle achevée, que Marguerite lui dit avec
vivacité : « Qu'avons-nous besoin de tes parents?
Dieu nous a-t-il abandonnées? C'est lui seul qui est
notre père. N'avons-nous pas vécu heureuses jusqu'à ce jour? Pourquoi donc te chagriner? Tu n'as
point de courage. » Et voyant Mme de la Tour pleurer,
elle se jeta à son cou, et la serrant dans ses bras :

« Chère amie, s'écria-t-elle, chère amie! » Ses propres
sanglots étouffèrent sa voix. A ce spectacle Virginie,
fondant en larmes, pressait alternativement les mains
de sa mère et celles de Marguerite contre sa bouche
et contre son cœur; et Paul, les yeux enflammés de
colère, criait, serrait les poings, frappait du pied,
ne sachant à qui s'en prendre. A ce bruit, Domingue
et Marie accoururent, et l'on n'entendit plus dans la
case que des cris de douleur : « Ah! Madame! ma
bonne maîtresse!... ma bonne mère!... ne pleurez
pas! » De si tendres marques d'amitié dissipèrent le
chagrin de Mme de la Tour. Elle prit Paul et Virginie
dans ses bras, et leur dit d'un air content : « Mes
enfants, vous êtes cause de ma peine; mais vous
faites toute ma joie. O mes chers enfants! le malheur
ne m'est venu que de loin; le bonheur est autour de
moi. » Paul et Virginie ne la comprirent pas; mais
quand ils la virent tranquille, ils sourirent et se
mirent à la caresser. Ainsi ils continuèrent tous
d'être heureux, et ce ne fut qu'un orage au milieu de
la belle saison.

Le bon naturel de ces enfants se développait de
jour en jour. Un dimanche, au lever de l'aurore,
leurs mères étant allées à la première messe à l'é-
glise des Pamplemousses, une négresse marronne
se présenta sous les bananiers qui entouraient leur
habitation. Elle était décharnée comme un squelette,
et n'avait pour vêtement qu'un lambeau de serpillière
autour des reins. Elle se jeta aux pieds de Virginie,

3

qui préparait le déjeuner de la famille, et lui dit :
« Ma jeune demoiselle, ayez pitié d'une pauvre
esclave fugitive ; il y a un mois que j'erre dans ces
montagnes, demi-morte de faim, souvent poursuivie
par des chasseurs et par leurs chiens. Je fuis mon
maître, qui est un riche habitant de la Rivière-
Noire : il m'a traitée comme vous le voyez. » En
même temps elle lui montra son corps sillonné de
cicatrices profondes par les coups de fouet qu'elle
en avait reçus. Elle ajouta : « Je voulais aller me
noyer ; mais, sachant que vous demeuriez ici, j'ai
dit : Puisqu'il y a encore de bons blancs dans ce
pays, il ne faut pas encore mourir. » Virginie, tout
émue, lui répondit : « Rassurez-vous, infortunée
créature ! Mangez, mangez ; » et elle lui donna le
déjeuner de la maison qu'elle avait apprêté. L'esclave, en peu de moments, le dévora tout entier.
Virginie, la voyant rassasiée, lui dit : « Pauvre
misérable ! j'ai envie d'aller demander votre grâce
à votre maître : en vous voyant il sera touché de
pitié. Voulez-vous me conduire chez lui ? — Ange
de Dieu, repartit la négresse, je vous suivrai partout
où vous voudrez. » Virginie appela son frère et le
pria de l'accompagner. L'esclave marronne les conduisit par des sentiers, au milieu des bois, à travers
de hautes montagnes, qu'ils grimpèrent avec bien
de la peine, et de larges rivières, qu'ils passèrent à
gué. Enfin, vers le milieu du jour, ils arrivèrent au
bas d'un morne, sur les bords de la Rivière-Noire.

Ils aperçurent là une maison bien bâtie, des plantations considérables, et un grand nombre d'esclaves
occupés à toutes sortes de travaux. Leur maître se
promenait au milieu d'eux une pipe à la bouche et
un rotin à la main. C'était un grand homme sec,
olivâtre, aux yeux enfoncés et aux sourcils noirs et
joints. Virginie, tout émue, tenant Paul par le bras,
s'approcha de l'habitant; tous deux le prièrent,
pour l'amour de Dieu, de pardonner à son esclave,
qui était à quelques pas de là derrière eux. D'abord
l'habitant ne fit pas grand compte de ces deux enfants
pauvrement vêtus; mais quand il eut remarqué leur
taille élégante et leurs belles têtes blondes, qu'il eut
entendu leur voix tremblante ainsi que tout leur
corps, en lui demandant grâce, il ôta sa pipe de sa
bouche, et, levant son rotin vers le ciel, il jura par
un affreux serment qu'il pardonnait à son esclave,
non pour l'amour de Dieu, mais pour l'amour d'eux.
Virginie aussitôt fit signe à l'esclave de s'avancer
vers son maître; puis elle s'enfuit, et Paul courut
après elle.

Ils remontèrent ensemble le revers du morne par
où ils étaient descendus, et, parvenus au sommet,
ils s'assirent sous un arbre, accablés de lassitude,
de faim et de soif. Ils avaient fait à jeun plus de cinq
lieues depuis le lever du soleil. Paul dit à Virginie:
« Ma sœur, il est plus de midi; tu as faim et soif,
nous ne trouverons point ici à dîner: redescendons
le morne, et allons demander à manger au maître

de l'esclave. — Oh! non, mon ami, reprit Virginie,
il m'a fait trop peur. Souviens-toi de ce que dit quelquefois maman : Le pain du méchant remplit la
bouche de gravier. — Comment ferons-nous donc?
dit Paul; ces arbres ne produisent que de mauvais
fruits. Il n'y a pas seulement ici un tamarin ou un
citron pour te rafraîchir. — Dieu aura pitié de nous,
reprit Virginie; il exauce la voix des petits oiseaux
qui lui demandent la nourriture. » A peine avait-elle
dit ces mots, qu'ils entendirent le bruit d'une source
qui tombait d'un rocher voisin. Ils y coururent, et
après s'être désaltérés avec ses eaux, plus claires que
le cristal, ils cueillirent et mangèrent un peu de
cresson qui croissait sur ses bords. Comme ils regardaient de côté et d'autre s'ils ne trouveraient pas
quelque nourriture plus solide, Virginie aperçut
parmi les arbres de la forêt un jeune palmiste. Le
chou que la cime de cet arbre renferme au milieu de
ses feuilles est un fort bon manger; mais quoique
sa tige ne fût pas plus grosse que la jambe, elle
avait plus de soixante pieds de hauteur. A la vérité,
le bois de cet arbre n'est formé que d'un paquet de
filaments; mais son aubier est si dur, qu'il fait
rebrousser les meilleures haches, et Paul n'avait pas
même un couteau. L'idée lui vint de mettre le feu
au pied de ce palmiste : autre embarras, il n'avait
point de briquet, et d'ailleurs, dans cette île si
couverte de rochers, je ne crois pas qu'on puisse
trouver une seule pierre à fusil. La nécessité donne

de l'industrie, et souvent les plus utiles découvertes
ont été dues aux hommes les plus misérables. Paul
résolut d'allumer du feu à la manière des noirs:
avec l'angle d'une pierre il fit un petit trou sur une
branche d'arbre bien sèche qu'il assujettit sous ses
pieds; puis, avec le tranchant de cette pierre, il fit
une pointe à un autre morceau de branche également
ment sèche, mais d'une espèce de bois différente;
il posa ensuite ce morceau de bois pointu dans le
petit trou de la branche qui était sous ses pieds; et
le faisant rouler rapidement entre ses mains, comme
on roule un moulinet dont on veut faire mousser du
chocolat, en peu de moments il vit sortir du point
de contact de la fumée et des étincelles. Il ramassa
des herbes sèches et d'autres branches d'arbre, et
mit le feu au pied du palmiste, qui bientôt après
tomba avec un grand fracas. Le feu lui servit encore
à dépouiller le chou de l'enveloppe de ses longues
feuilles ligneuses et piquantes. Virginie et lui mangèrent une partie du chou cru, et l'autre cuite sous
la cendre, et ils les trouvèrent également savou-
reuses. Ils firent ce repas frugal remplis de joie par
le souvenir de la bonne action qu'ils avaient faite le
matin; mais cette joie était troublée par l'inquiétude
où ils se doutaient bien que leur longue absence de
la maison jetterait leurs mères. Virginie revenait
souvent sur cet objet. Cependant Paul, qui sentait
ses forces rétablies, l'assura qu'ils ne tarderaient pas
à tranquilliser leurs parents.

Après dîner, ils se trouvèrent bien embarrassés ;
car ils n'avaient plus de guide pour les reconduire
chez eux. Paul, qui ne s'étonnait de rien, dit à
Virginie : « Notre case est vers le soleil du milieu
du jour : il faut que nous passions, comme ce matin,
par-dessus cette montagne que tu vois là-bas avec
ses trois pitons. Allons, marchons, mon amie ! »
Cette montagne était celle des Trois-Mamelles [1],
ainsi nommée parce que ses trois pitons en ont la
forme. Ils descendirent donc le morne de la Rivière-
Noire du côté du nord, et arrivèrent, après une
heure de marche, sur les bords d'une large rivière
qui barrait leur chemin. Cette grande partie de l'île,
toute couverte de forêts, est si peu connue, même
aujourd'hui, que plusieurs de ses rivières et de ses
montagnes n'y ont pas encore de nom. La rivière
sur le bord de laquelle ils étaient coule en bouil-
lonnant sur un lit de roches. Le bruit de ses eaux
effraya Virginie ; elle n'osa y mettre les pieds pour
la passer à gué. Paul alors prit Virginie sur son dos,
et passa ainsi chargé sur les roches glissantes de la
rivière, malgré le tumulte de ses eaux. « N'aie pas

---

[1] Il y a beaucoup de montagnes dont les sommets sont arrondis en
forme de mamelles, et qui en portent le nom dans toutes les langues.
Ce sont, en effet, de véritables mamelles ; car c'est d'elles que découlent
beaucoup de rivières et de ruisseaux, qui répandent l'abondance sur la
terre. Elles sont les sources des principaux fleuves qui l'arrosent, et elles
fournissent constamment à leurs eaux, en attirant sans cesse les nuages
autour du piton de rocher qui les surmonte à leur centre comme un ma-
melon. Nous avons indiqué ces prévoyances admirables de la nature dans
nos Études précédentes.

Paul alors prit Virginie sur son dos.

peur, lui disait-il, je me sens bien fort avec toi. Si
l'habitant de la Rivière-Noire t'avait refusé la grâce
de son esclave, je me serais battu avec lui.—Comment!
dit Virginie, avec cet homme si grand et si méchant?
A quoi t'ai-je exposé! Mon Dieu! qu'il est difficile
de faire le bien! Il n'y a que le mal de facile à faire!»
Quand Paul fut sur le rivage, il voulait continuer sa
route, chargé de sa sœur, et il se flattait de monter
ainsi la montagne des Trois-Mamelles, qu'il voyait
devant lui à une demi-lieue de là; mais bientôt les
forces lui manquèrent, et il fut obligé de la mettre
à terre et de se reposer auprès d'elle. Virginie lui
dit alors: « Mon frère, le jour baisse; tu as encore
des forces, et les miennes me manquent; laisse-moi
ici, et retourne seul à notre case pour tranquilliser
nos mères. — Oh! non, dit Paul, je ne te quitterai
pas. Si la nuit nous surprend dans ces bois, j'allu-
merai du feu, j'abattrai un palmiste, tu en mangeras
le chou, et je te ferai avec ses feuilles un ajoupa
pour te mettre à l'abri. » Cependant Virginie, s'étant
un peu reposée, cueillit, sur le tronc d'un vieil
arbre penché sur le bord de la rivière, de longues
feuilles de scolopendre qui pendaient sur son tronc;
elle en fit des espèces de brodequins dont elle en-
toura ses pieds, que les pierres des chemins avaient
mis en sang; car, dans l'empressement d'être utile,
elle avait oublié de se chausser. Se sentant soulagée par la fraîcheur de ces feuilles, elle rompit
une branche de bambou, et se mit en marche en

s'appuyant d'une main sur ce roseau, et de l'autre sur son frère.

Ils cheminaient ainsi doucement à travers les bois; mais la hauteur des arbres et l'épaisseur de leurs feuilles leur firent bientôt perdre de vue la montagne des Trois-Mamelles, sur laquelle ils se dirigeaient, et même le soleil, qui était déjà près de se coucher. Au bout de quelque temps ils quittèrent, sans s'en apercevoir, le sentier frayé dans lequel ils avaient marché jusqu'alors, et ils se trouvèrent dans un labyrinthe d'arbres, de lianes et de roches, qui n'avait plus d'issue. Paul fit asseoir Virginie et se mit à courir çà et là, tout hors de lui, pour chercher un chemin hors de ce fourré épais; mais il se fatigua en vain. Il monta au haut d'un grand arbre pour découvrir au moins la montagne des Trois-Mamelles; mais il n'aperçut autour de lui que les cimes des arbres, dont quelques-unes étaient éclairées par les derniers rayons du soleil couchant. Cependant l'ombre des montagnes couvrait déjà les forêts dans les vallées, le vent se calmait, comme il arrive au coucher du soleil; un profond silence régnait dans ces solitudes, et l'on n'y entendait d'autre bruit que le bramement des cerfs, qui venaient chercher leurs gîtes dans ces lieux écartés. Paul, dans l'espoir que quelque chasseur pourrait l'entendre, cria alors de toute sa force: « Venez, venez au secours de deux infortunés! » Mais les seuls échos de la forêt répondirent à sa voix.

Paul descendit alors de l'arbre, accablé de fatigue et de chagrin ; il chercha les moyens de passer la nuit dans ce lieu ; mais il n'y avait ni fontaine, ni palmiste, ni même de branche de bois sec propre à allumer du feu. Il sentit alors par son expérience toute la faiblesse de ses ressources, et il se mit à pleurer. Virginie lui dit : « Ne pleure point, mon ami, si tu ne veux m'accabler de chagrin. C'est moi qui suis la cause de toutes tes peines et de celles qu'éprouvent maintenant nos mères. Il ne faut rien faire, pas même le bien, sans consulter ses parents. Oh! j'ai été bien imprudente! » Et elle se prit à verser des larmes. Cependant elle dit à Paul : « Prions Dieu, mon frère, et il aura pitié de nous. » A peine avaient-ils achevé leur prière, qu'ils entendirent un chien aboyer. « C'est, dit Paul, le chien de quelque chasseur qui vient, le soir, tuer des cerfs à l'affût. » Peu après, les aboiements du chien redoublèrent. « Il me semble, dit Virginie, que c'est Fidèle, le chien de notre case ; oui, je reconnais sa voix : serions-nous si près d'arriver, et au pied de notre montagne? » En effet, un moment après, Fidèle était à leurs pieds, aboyant, hurlant, gémissant et les accablant de caresses. Comme ils ne pouvaient revenir de leur surprise, ils aperçurent Domingue qui accourait à eux. A l'arrivée de ce bon noir, qui pleurait de joie, ils se mirent aussi à pleurer sans pouvoir lui dire un mot. Quand Dominge eut repris ses sens : « O mes jeunes maîtres! leur dit-il, que

vos mères ont d'inquiétude! comme elles ont été
étonnées quand elles ne vous ont plus retrouvés au
retour de la messe, où je les accompagnais! Marie,
qui travaillait dans un coin de l'habitation, n'a su
nous dire où vous étiez allés. J'allais, je venais
autour de l'habitation, ne sachant moi-même de
quel côté vous chercher. Enfin j'ai pris vos vieux
habits à l'un et à l'autre, je les ai fait flairer à
Fidèle [1]. Sur-le-champ, comme si ce pauvre animal
m'eût entendu, il s'est mis à quêter sur vos pas; il
m'a conduit, toujours en remuant la queue, jusqu'à
la Rivière-Noire. C'est là que j'ai appris d'un habitant
que vous lui aviez ramené une négresse marronne, et
qu'il vous avait accordé sa grâce; mais quelle grâce! il
me l'a montrée attachée avec une chaîne au pied à un
billot de bois, et avec un collier de fer à trois cro-
chets autour du cou. De là Fidèle, toujours quêtant,
m'a mené sur le morne de la Rivière-Noire, où il
s'est arrêté encore en aboyant de toute sa force:
c'était sur le bord d'une source, auprès d'un palmiste abattu, et près d'un feu qui fumait encore.
Enfin il m'a conduit ici: nous sommes au pied de la
montagne des Trois-Mamelles, et il y a encore quatre
bonnes lieues jusque chez nous. Allons, mangez, et
prenez des forces. » Il leur présenta aussitôt un

---

[1] Ce trait de sagacité du noir Domingue et de son chien Fidèle ressemble beaucoup à celui du sauvage Téwésina et de son chien Oniath,
rapporté par M. de Crèvecœur dans son ouvrage plein d'humanité, inti-
tulé : *Lettres d'un cultivateur américain.*

gâteau, des fruits et une grande calebasse remplie
d'une liqueur composée d'eau, de vin, de jus de
citron, de sucre et de muscade, que leurs mères
avaient préparée pour les fortifier et les rafraîchir.
Virginie soupira au souvenir de la pauvre esclave et
des inquiétudes de leurs mères. Elle répéta plusieurs
fois : « Oh ! qu'il est difficile de faire le bien ! »
Pendant que Paul et elle se rafraîchissaient, Domingue alluma du feu, et ayant cherché dans les rochers
un bois tordu qu'on appelle bois de ronde, et qui
brûle tout vert en jetant une grande flamme, il en
fit un flambeau, qu'il alluma, car il était déjà nuit.
Mais il éprouva un embarras bien plus grand quand
il fallut se mettre en route : Paul et Virginie ne
pouvaient plus marcher, leurs pieds étaient enflés et
tout rouges. Domingue ne savait s'il devait aller bien
loin de là leur chercher du secours, ou passer dans
ce lieu la nuit avec eux. « Où est le temps, leur
disait-il, où je vous portais tous deux à la fois dans
mes bras ! Mais maintenant vous êtes grands, et je suis
vieux ! » Comme il était dans cette perplexité, une
troupe de noirs marrons se fit voir à vingt pas de là.
Le chef de cette troupe, s'approchant de Paul et de
Virginie, leur dit : « Bons petits blancs, n'ayez pas
peur ; nous vous avons vu passer ce matin avec une
négresse de la Rivière-Noire, vous alliez demander
sa grâce à son mauvais maître. En reconnaissance,
nous vous reporterons chez vous sur nos épaules. »
Alors il fit un signe et quatre noirs marrons des plus

robustes firent aussitôt un brancard avec des branches d'arbre et des lianes, y placèrent Paul et Virginie, les mirent sur leurs épaules, et, Domingue
marchant devant eux avec son flambeau, ils se
mirent en route aux cris de joie de toute la troupe,
qui les comblait de bénédictions. Virginie, attendrie,
disait à Paul : « O mon ami ! jamais Dieu ne laisse
un bienfait sans récompense. »

Ils arrivèrent vers le milieu de la nuit au pied de
la montagne, dont les croupes étaient éclairées
par plusieurs feux. A peine ils la montaient, qu'ils
entendirent des voix qui criaient : « Est-ce vous,
mes enfants ? » Ils répondirent avec les noirs : « Oui,
c'est nous ; » et bientôt ils aperçurent leurs mères et
Marie, qui venaient au-devant d'eux avec des tisons
flambants. « Malheureux enfants ! dit Mme de la
Tour, d'où venez-vous ? Dans quelles angoisses vous
nous avez jetées ! — Nous venons, dit Virginie, de
la Rivière-Noire, demander la grâce d'une pauvre
esclave marronne, à qui j'ai donné ce matin le déjeuner de la maison, parce qu'elle mourait de faim ;
et voilà que les noirs marrons nous ont ramenés. »
Mme de la Tour embrassa sa fille sans pouvoir parler,
et Virginie, qui sentit son visage mouillé des larmes
de sa mère, lui dit : « Vous me payez de tout le mal
que j'ai souffert ! » Marguerite, ravie de joie, serrait
Paul dans ses bras, et lui disait : « Et toi aussi, mon
fils, tu as fait une bonne action. » Quand elles furent
arrivées dans leurs cases avec leurs enfants, elles

donnèrent bien à manger aux noirs marrons, qui s'en retournèrent dans leurs bois en leur souhaitant toute sorte de prospérités.

Chaque jour était pour ces familles un jour de bonheur et de paix. Ni l'envie ni l'ambition ne les tourmentaient. Elles ne désiraient point au dehors une vaine réputation que donne l'intrigue, et qu'ôte la calomnie; il leur suffisait d'être à elles-mêmes leurs témoins et leurs juges. Dans cette île, où, comme dans toutes les colonies européennes, on n'est curieux que d'anecdotes malignes, leurs vertus et même leurs noms étaient ignorés; seulement, quand un passant demandait, sur le chemin des Pamplemousses, à quelques habitants de la plaine : « Qui est-ce qui demeure là-haut dans ces petites cases? » ceux-ci répondaient sans les connaître : « Ce sont de bonnes gens. » Ainsi des violettes, sous des buissons épineux, exhalent au loin leurs doux parfums, quoiqu'on ne les voie pas.

Elles avaient banni de leurs conversations la médisance, qui, sous une apparence de justice, dispose nécessairement à la haine ou à la fausseté; car il est impossible de ne pas haïr les hommes si on les croit méchants, et de vivre avec les méchants si on ne leur cache sa haine sous de fausses apparences de bienveillance. Ainsi la médisance nous oblige d'être mal avec les autres ou avec nous-mêmes. Mais, sans juger les hommes en particulier, elles ne s'entretenaient que des moyens de faire du bien à tous en général ; et quoiqu'elles n'en eussent pas le pouvoir, elles en avaient une volonté perpétuelle qui les remplissait d'une bienveillance toujours prête à s'étendre au dehors. En vivant donc dans la solitude, loin d'être sauvages, elles étaient devenues plus humaines. Si l'histoire scandaleuse de la société ne fournissait point de matière à leurs conversations, celle de la nature les remplissait de ravissement et de joie. Elles admiraient avec transport le pouvoir d'une Providence qui par leurs mains avait répandu au milieu de ces arides rochers l'abondance, les grâces, les plaisirs purs, simples et toujours renaissants.

Paul, à l'âge de douze ans, plus robuste et plus intelligent que les Européens à quinze, avait embelli ce que le noir Domingue ne faisait que cultiver. Il allait avec lui dans les bois voisins déraciner de jeunes plants de citronniers, d'orangers, de tamarins, dont la tête ronde est d'un si beau vert, et de dattiers, dont le fruit est plein d'une crème sucrée qui a le parfum de la fleur d'oranger ; il plantait ces arbres, déjà grands, autour de cette enceinte. Il y avait semé des graines d'arbres qui, dès la seconde année, portent des fleurs et des fruits : tels que l'agathis, où pendent tout autour, comme les cristaux d'un lustre, de longues grappes de fleurs blanches ; le lilas de Perse, qui élève droit en l'air ses girandoles gris de lin ; le papayer, dont le tronc sans branches, formé en colonne, hérissé de melons verts, porte un chapiteau de larges feuilles semblables à celles du figuier.

Il y avait planté encore des pépins et des noyaux de badamiers, de manguiers, d'avocats, de goyaviers, de jaqs et de jam-roses. La plupart de ces arbres donnaient déjà à leur jeune maître de l'ombre et des fruits. Sa main laborieuse avait rendu la fécondité jusque dans les lieux les plus stériles de cet enclos. Diverses espèces d'aloès, la raquette chargée de fleurs jaunes fouettées de rouge, les cierges épineux, s'élevaient sur les têtes noires des rochers, et semblaient vouloir atteindre aux longues lianes, chargées de fleurs bleues ou écarlates, qui pendaient çà et là le long des escarpements de la montagne.

Il avait disposé ces végétaux de manière qu'on pouvait jouir de leur vue d'un seul coup d'œil. Il avait planté au milieu de ce bassin les herbes qui s'élèvent peu, ensuite les arbrisseaux, puis les arbres moyens, et enfin les grands arbres, qui en bordaient la circonférence; de sorte que ce vaste enclos paraissait de son centre comme un amphithéâtre de verdure, de fruits et de fleurs, renfermant des fleurs potagères, des lisières de prairie et des champs de riz et de blé. Mais en assujettissant ces végétaux à son plan, il ne s'était pas écarté de celui de la nature : guidé par ses indications, il avait mis dans les lieux élevés ceux dont les semences sont volatiles, et sur le bord des eaux ceux dont les graines sont faites pour flotter : ainsi chaque végétal croissait dans son site propre, et chaque site recevait de

4

son végétal sa parure naturelle. Les eaux qui descendent du sommet de ces roches formaient, au fond du vallon, ici des fontaines, là de larges miroirs qui répétaient, au milieu de la verdure, les arbres en fleur, les rochers et l'azur des cieux.

Malgré la grande irrégularité de ce terrain, toutes ces plantations étaient, pour la plupart, aussi accessibles au toucher qu'à la vue : à la vérité nous l'aidions tous de nos conseils et de nos secours pour en venir à bout. Il avait pratiqué un sentier qui tournait autour de ce bassin, et dont plusieurs rameaux venaient se rendre de la circonférence au centre. Il avait tiré parti des lieux les plus raboteux, et accordé, par la plus heureuse harmonie, la facilité de la promenade avec l'aspérité du sol, et les arbres domestiques avec les sauvages. De cette énorme quantité de pierres roulantes qui embarrassent maintenant ces chemins, ainsi que la plupart du terrain de cette île, il avait formé çà et là des pyramides, dans les assises desquelles il avait mêlé de la terre et des racines de rosiers, des poincillades et d'autres arbrisseaux qui se plaisent dans les roches. En peu de temps ces pyramides sombres et brutes furent couvertes de verdure ou de l'éclat des plus belles fleurs. Les ravins, bordés de vieux arbres inclinés sur leurs bords, formaient des souterrains voûtés inaccessibles à la chaleur, où l'on allait prendre le frais pendant le jour. Un sentier conduisait dans un bosquet d'arbres sauvages, au centre duquel croissait à

l'abri des vents un arbre domestique chargé de fruits.
Là était une moisson, ici un verger. Par cette avenue
on apercevait les maisons ; par cette autre, les sommets inaccessibles de la montagne. Sous un bocage
touffu de tatamaques entrelacés de lianes, on ne distinguait en plein midi aucun objet ; sur la pointe de
ce grand rocher voisin qui sort de la montagne, on
découvrait tous ceux de cet enclos, avec la mer au
loin où apparaissait quelquefois un vaisseau qui venait de l'Europe ou qui y retournait. C'était sur ce
rocher que ces familles se rassemblaient le soir, et
jouissaient en silence de la fraîcheur de l'air, du parfum des fleurs, du murmure des fontaines et des dernières harmonies de la lumière et des ombres.

Rien n'était plus agréable que les noms donnés à
la plupart des retraites charmantes de ce labyrinthe.
Ce rocher dont je viens de vous parler, d'où l'on me
voyait venir de bien loin, s'appelait LA DÉCOUVERTE
DE L'AMITIÉ. Paul et Virginie, dans leurs jeux, y avaient
planté un bambou, au haut duquel ils élevaient un
petit mouchoir blanc pour signaler mon arrivée dès
qu'ils m'apercevaient, ainsi qu'on élève un pavillon
sur la montagne voisine à la vue d'un vaisseau en
mer. L'idée me vint de graver une inscription sur la
tige de ce roseau. Quelque plaisir que j'aie eu dans
mes voyages à voir une statue ou un monument de
l'antiquité, j'en ai encore davantage à lire une inscription bien faite : il me semble alors qu'une voix
humaine sorte de la pierre, se fasse entendre à travers

les siècles, et, s'adressant à l'homme au milieu des déserts, lui dise qu'il n'est pas seul, et que d'autres hommes, dans ces mêmes lieux, ont senti, pensé et souffert comme lui; que si cette inscription est de quelque nation ancienne qui ne subsiste plus, elle étend notre âme dans les champs de l'infini, et lui donne le sentiment de son immortalité, en lui montrant qu'une pensée a survécu à la ruine d'un empire.

J'écrivis donc sur le petit mât du pavillon de Paul et de Virginie ces vers d'Horace :

... Fratres Helenæ, lucida sidera,
Ventorumque regat pater,
Obstrictis aliis, præter iapyga.

Que les frères d'Hélène, ces astres charmants, et que le père des vents vous dirigent, et ne fassent souffler que le zéphyr.

Je gravai ce vers de Virgile sur l'écorce d'un tatamàque, à l'ombre duquel Paul s'asseyait quelquefois pour regarder au loin la mer agitée :

Fortunatus et ille deos qui novit agrestes.

Heureux celui qui ne connaît que les divinités champêtres.

Et cet autre au-dessus de la porte de la cabane de Mme de la Tour, qui était leur lieu d'assemblée :

At secura quies, et nescia fallere vita.

Ici est une conscience calme et une vie qui ne sait pas tromper.

Mais Virginie n'approuvait point mon latin ; elle disait que ce que j'avais mis au pied de sa girouette était trop long et trop savant : « J'eusse mieux aimé ajoutait-elle, TOUJOURS AGITÉE, MAIS CONSTANTE. — Cette devise, lui répondis-je, conviendrait mieux à la vertu. » Ma réflexion la fit rougir.

Ces familles heureuses étendaient leurs âmes sensibles à tout ce qui les environnait. Elles avaient donné les noms les plus tendres aux objets en apparence les plus indifférents. Un cercle d'orangers, de bananiers et de jam-roses plantés autour d'une pelouse au milieu de laquelle Virginie et Paul allaient quelquefois danser, se nommait LA CONCORDE. Un vieux arbre à l'ombre duquel M⁽ᵐᵉ⁾ de la Tour et Marguerite s'étaient raconté leurs malheurs, s'appelait LES PLEURS ESSUYÉS. Elles faisaient porter les noms de BRETAGNE et de NORMANDIE à de petites portions de terre où elles avaient semé du blé, des fraises et des pois. Domingue et Marie, désirant, à l'imitation de leurs maîtresses, se rappeler les lieux de leur naissance en Afrique, appelaient ANGOLA et FOULEPOINTE deux endroits où croissait l'herbe dont ils faisaient des paniers, et où ils avaient planté un calebassier. Ainsi, par ces productions de leurs climats, ces familles expatriées entretenaient les douces illusions de leurs pays, et en calmaient les regrets dans une terre étrangère. Hélas ! j'ai vu s'animer de mille appellations charmantes les arbres, les fontaines, les rochers de ce lieu maintenant si bouleversé, et qui,

semblable à un champ de la Grèce, n'offre plus que
des ruines et des noms touchants.

Mais, de tout ce que renfermait cette enceinte,
rien n'était plus agréable que ce qu'on appelait LE
REPOS DE VIRGINIE. Au pied du rocher LA DÉCOUVERTE
DE L'AMITIÉ est un enfoncement d'où sort une fontaine
qui forme dès sa source une petite flaque d'eau au
milieu d'un pré d'une herbe fine. Lorsque Marguerite
eut mis Paul au monde, je lui fis présent d'un coco
des Indes qu'on m'avait donné. Elle planta ce fruit
sur le bord de cette flaque d'eau, afin que l'arbre
qu'il produirait servît un jour d'époque à la naissance
de son fils. Mme de la Tour, à son exemple, y en planta
un autre, dans une même intention, dès qu'elle eut
Virginie. Il naquit de ces deux fruits deux cocotiers,
qui formaient toutes les archives de ces deux familles ; l'un se nommait l'arbre de Paul, et l'autre
l'arbre de Virginie ; ils crûrent tous deux dans la
même proportion que leurs jeunes maîtres, d'une
hauteur un peu inégale, mais qui surpassait au bout
de douze ans celle de leurs cabanes. Déjà ils entre-
laçaient leurs palmes, et laissaient pendre leurs
jeunes grappes de cocos au-dessus du bassin de la
fontaine. Excepté cette plantation, on avait laissé cet
enfoncement du rocher tel que la nature l'avait orné.
Sur ses flancs bruns et humides rayonnaient en
étoiles vertes et noires de larges capillaires, et flot-
taient au gré des vents des touffes de scolopendre
suspendues comme de longs rubans d'un vert pourpre.

Près de là croissaient des lisières de pervenche, dont les fleurs sont presque semblables à celles de la giroflée rouge, et des piments, dont les gousses, couleur de sang, sont plus éclatantes que le corail. Aux environs, l'herbe de baume, dont les feuilles sont en cœur, et les basilics à odeur de girofle, exhalaient les plus doux parfums. Du haut de l'escarpement de la montagne pendaient des lianes semblables à des draperies flottantes, qui formaient sur les flancs des rochers de grandes courtines de verdure. Les oiseaux de mer, attirés par ces retraites paisibles, y venaient passer la nuit. Au coucher du soleil on y voyait voler, le long des rivages de la mer, le corbigeau et l'alouette marine, et au haut des airs la noire frégate, avec l'oiseau blanc du tropique, qui abandonnaient, ainsi que l'astre du jour, les solitudes de l'océan Indien. Virginie aimait à se reposer sur les bords de cette fontaine, décorée d'une pompe à la fois magnifique et sauvage. Souvent elle venait y laver le linge de la famille à l'ombre des grands cocotiers. Quelquefois elle y menait paître ses chèvres. Pendant qu'elle préparait des fromages avec leur lait, elle se plaisait à leur voir brouter les capillaires sur les flancs escarpés de la roche, et se tenir en l'air sur une de ses corniches comme sur un piédestal. Paul y apporta de la forêt voisine des nids de toutes sortes d'oiseaux. Les pères et les mères de ces oiseaux suivirent leurs petits, et vinrent s'établir dans cette nouvelle colonie. Virginie leur distribuait de temps en temps des grains de riz, de maïs et de millet. Dès qu'elle paraissait, les merles siffleurs, les bengalis, dont le ramage est si doux, les cardinaux, dont le plumage est couleur de feu, quittaient leurs buissons; des perruches, vertes comme des émeraudes, descendaient des lataniers voisins; des perdrix accouraient sous l'herbe : tous s'avançaient pêle-mêle jusqu'à ses pieds comme des poules. Paul et elle s'amusaient avec transport de leurs jeux et de leurs appétits.

Aimables enfants, vous passiez ainsi dans l'innocence vos premiers jours, en vous exerçant aux bienfaits! Combien de fois, dans ce lieu, vos mères, vous serrant dans leurs bras, bénissaient le Ciel de la consolation que vous prépariez à leur vieillesse et de vous voir entrer dans la vie sous d'aussi heureux auspices! Combien de fois, à l'ombre de ces rochers, ai-je partagé avec elles vos repas champêtres, qui n'avaient coûté la vie à aucun animal! des calebasses pleines de lait, des œufs frais, des gâteaux de riz sur des feuilles de bananier, des corbeilles chargées de patates, de mangues, d'oranges, de grenades, de bananes, de dattes, d'ananas, offraient à la fois les mets les plus sains, les couleurs les plus gaies, et les sucs les plus agréables.

La conversation était aussi douce et aussi innocente que ces festins: Paul y parlait souvent des travaux du jour et de ceux du lendemain. Il méditait toujours quelque chose d'utile pour la société. Ici les

Virginie leur distribuait des grains de riz, de maïs et de millet.

sentiers n'étaient pas commodes; là on était mal
assis; ces jeunes berceaux ne donnaient pas assez
d'ombrage.

Dans la saison pluvieuse, ils passaient le jour tous
ensemble dans la case, maîtres et serviteurs, occupés
à faire des nattes d'herbes et des paniers de bambou.
On voyait, rangés dans le plus grand ordre aux parois de la muraille, des râteaux, des haches, des
bêches; et auprès de ces instruments de l'agriculture les productions qui en étaient les fruits, des sacs
de riz, des gerbes de blé et des régimes de bananes.
La délicatesse s'y joignait toujours à l'abondance.
Virginie, instruite par Marguerite et par sa mère, y
préparait des sorbets et des cordiaux avec le jus des
cannes à sucre, des citrons et des cédrats.

La nuit venue, ils soupaient à la lueur d'une lampe;
ensuite Mme de la Tour ou Marguerite racontait quelques histoires de voyageurs égarés la nuit dans les
bois de l'Europe infestés de voleurs, ou le naufrage
de quelque vaisseau jeté par la tempête sur les rochers d'une île déserte. A ces récits les âmes sensibles de leurs enfants s'enflammaient; ils priaient
le Ciel de leur faire la grâce d'exercer quelque jour
l'hospitalité envers de semblables malheureux. Cependant les deux familles se séparaient pour aller
prendre du repos, dans l'impatience de se revoir le
lendemain. Quelquefois elles s'endormaient au bruit
de la pluie qui tombait par torrents sur la couverture
de leurs cases, ou à celui des vents qui leur appor-

taient le murmure lointain des flots qui se brisaient
sur le rivage. Elles bénissaient Dieu de leur sécurité
personnelle, dont le sentiment redoublait par celui
du danger éloigné.

De temps en temps, Mme de la Tour lisait publique-
ment quelque histoire touchante de l'Ancien et du
Nouveau Testament. Ils n'avaient point de jours des-
tinés au plaisir, et d'autres à la tristesse. Chaque
jour était pour eux un jour de fête, et tout ce qui les
environnait, un temple divin où ils admiraient sans
cesse une intelligence infinie, toute-puissante et amie
des hommes : ce sentiment de confiance dans le
pouvoir suprême les remplissait de consolation pour
le passé, de courage pour le présent, et d'espérance
pour l'avenir. Voilà comme ces femmes, forcées par
le malheur de rentrer dans la nature, avaient déve-
loppé en elles-mêmes et dans leurs enfants ces sentiments que donne la nature pour nous empêcher de
tomber dans le malheur.

Mais comme il s'élève quelquefois dans l'âme la
mieux réglée des nuages qui la troublent, quand
quelque membre de leur société paraissait triste,
tous les autres se réunissaient autour de lui, et l'en-
levaient aux pensées amères, plus par des sentiments
que par des réflexions. Chacun y employait son caractère particulier : Marguerite, une gaieté vive;
Mme de la Tour, une théologie douce; Virginie, des
caresses tendres; Paul, de la franchise et de la cordialité; Marie et Domingue même venaient à son

secours. Ils s'affligeaient s'ils le voyaient affligé, et ils pleuraient s'ils le voyaient pleurer. Ainsi des plantes faibles s'entrelacent ensemble pour résister aux ouragans.

Quelle que fût la saison, ils allaient le dimanche à la messe à l'église des Pamplemousses, dont vous voyez le clocher là-bas dans la plaine. Il y venait des habitants riches en palanquins, qui s'empressèrent plusieurs fois de faire la connaissance de ces familles si unies, et de les inviter à des parties de plaisir. Mais elles repoussèrent toujours leurs offres avec honnêteté et respect, persuadées que les gens puissants ne recherchent les faibles que pour avoir des complaisants, et qu'on ne peut être complaisant qu'en flattant les passions d'autrui, bonnes et mauvaises. D'un autre côté elles n'évitaient pas avec moins de soin l'accointance des petits habitants, pour l'ordinaire jaloux, médisants et grossiers. Elles passèrent d'abord auprès des uns pour timides, et auprès des autres pour fières; mais leur conduite réservée était accompagnée de marques de politesse si obligeantes, surtout envers les misérables, qu'elles acquirent insensiblement le respect des riches et la confiance des pauvres.

Après la messe, on venait souvent les requérir de quelque bon office. C'était une personne affligée qui leur demandait des conseils, ou un enfant qui les priait de passer chez sa mère malade dans un des quartiers voisins. Elles portaient toujours avec elles

quelques recettes utiles aux maladies ordinaires aux
habitants, et elles y joignaient la bonne grâce qui
donne tant de prix aux petits services. Elles réussis-
saient surtout à bannir les peines de l'esprit, si into-
lérables dans la solitude et dans un corps infirme.
Mme de la Tour parlait avec tant de confiance de la
Divinité, que la malade, en l'écoutant, la croyait
présente. Virginie revenait bien souvent de là les
yeux humides de larmes, mais le cœur rempli de
joie; car elle avait eu l'occasion de faire du bien.
C'était elle qui préparait d'avance les remèdes nécessaires aux malades. Après ces visites d'humanité,
elles prolongeaient quelquefois leur chemin par la
vallée de la Montagne-Longue, jusque chez moi, où
je les attendais à dîner sur les bords de la petite
rivière qui coule dans mon voisinage. Je me procu-
rais pour cette occasion quelques bouteilles de vin
vieux, afin d'augmenter la gaieté de nos repas indiens par ces douces et cordiales productions de
l'Europe. D'autres fois nous nous donnions rendez-
vous sur les bords de la mer à l'embouchure de
quelques autres petites rivières qui ne sont guère ici
que de grands ruisseaux; nous y apportions de l'habitation des provisions végétales, que nous joignions
à celles que la mer nous fournissait en abondance.
Nous pêchions sur ces rivages des cabots, des poly-
pes, des rougets, des langoustes, des chevrettes, des
crabes, des oursins, des huîtres et des coquillages
de toute espèce. Les sites les plus terribles nous

procuraient souvent les plaisirs les plus tranquilles.
Quelquefois, assis sur un rocher, à l'ombre d'un ve-
loutier, nous voyions les flots du large venir se briser
à nos pieds avec un horrible fracas. Paul, qui nageait
volontiers comme un poisson, s'avançait quelquefois
sur les récifs au-devant des lames, puis, à leur approche, il fuyait sur le rivage devant leurs grandes
volutes écumeuses et mugissantes, qui le poursui-
vaient bien avant sur la grève.

Nos repas étaient suivis de chants et de danses.
Virginie chantait le bonheur de la vie champêtre et
les malheurs des gens de mer, que l'avarice porte à
naviguer sur un élément furieux, plutôt que de cultiver la terre, qui donne paisiblement tant de biens.
Quelquefois, à la manière des noirs, elle exécutait
avec Paul une pantomime. La pantomime est le premier langage de l'homme ; elle est connue de toutes
les nations; elle est si naturelle et si expressive, que
les enfants des blancs ne tardent pas à l'apprendre
dès qu'ils ont vu ceux des noirs s'y exercer. Virginie,
se rappelant, dans les lectures que lui faisait sa
mère, les histoires qui l'avaient le plus touchée, en
rendait les principaux événements avec beaucoup de
naïveté. Tantôt, au son du tam-tam de Domingue,
elle se présentait sur la pelouse, portant une cruche
sur sa tête; elle s'avançait avec timidité à la source
d'une fontaine voisine, pour y puiser de l'eau. Domingue et Marie, représentant les bergers de Madian,
lui en défendaient l'approche et feignaient de la re-

pousser. Paul accourait à son secours, battait les
bergers, et remplissait la cruche de Virginie; et, en la
lui mettant sur la tête, il lui mettait en même temps
une couronne de fleurs rouges de pervenche. Alors,
me prêtant à leurs jeux, je me chargeais du rôle de
Raguel, et j'accordais à Paul ma fille Séphora en
mariage.

Une autre fois elle représentait l'infortunée Ruth,
qui retourne veuve et pauvre dans son pays, où elle
se trouve étrangère après une longue absence. Domingue et Marie contrefaisaient les moissonneurs.
Virginie feignait de glaner çà et là sur leurs pas
quelques épis de blé. Paul, imitant la gravité d'un
patriarche, l'interrogeait; elle répondait en tremblant à ses questions. Bientôt, ému de pitié, il accor-
dait l'hospitalité à l'innocence et un asile à l'infortune, il remplissait le tablier de Virginie de toutes
sortes de provisions, et l'amenait devant nous comme
devant les anciens de la ville, en déclarant qu'il la
prenait en mariage malgré son indigence.

Ces drames étaient rendus avec tant de vérité,
qu'on se croyait transporté dans les champs de la
Syrie ou de la Palestine. Nous ne manquions point
de décorations, d'illuminations et d'orchestres convenables à ce spectacle. Le lieu de la scène était
pour l'ordinaire un carrefour d'une forêt, dont les
percées formaient autour de nous plusieurs arcades
de feuillages : nous étions à leur centre, abrités de
la chaleur pendant toute la journée; mais quand le

soleil était descendu à l'horizon, ses rayons, brisés
par le tronc des arbres, divergeaient dans les ombres
de la forêt en longues gerbes lumineuses qui pro-
duisaient le plus majestueux effet. Quelquefois son
disque tout entier paraissait à l'extrémité d'une avenue, et la rendait tout étincelante de lumière. Le
feuillage des arbres, éclairés en dessous de ses rayons
safranés, brillait des feux de la topaze et de l'émeraude; leurs troncs mousseux et bruns paraissaient
changés en colonnes de bronze antique; et les oiseaux, déjà retirés en silence sous la sombre feuillée
pour y passer la nuit, surpris de revoir une seconde
aurore, saluaient tous à la fois l'astre du jour par
mille et mille chansons.

La nuit nous surprenait bien souvent dans ces
fêtes champêtres; mais la pureté de l'air et la douceur du climat nous permettaient de dormir sous un
ajoupa, au milieu des bois, sans craindre d'ailleurs
les voleurs ni de près ni de loin. Chacun, le lendemain, retournait dans sa case, et la retrouvait dans
l'état où il l'avait laissée. Il y avait alors tant de
bonne foi et de simplicité dans cette île sans commerce, que les portes de beaucoup de maisons ne
fermaient point à clef, et qu'une serrure était un
objet de curiosité pour plusieurs créoles.

Mais il y avait dans l'année des jours qui étaient
pour Paul et Virginie des jours de plus grandes ré-
jouissances : c'étaient les fêtes de leurs mères. Virginie ne manquait pas, la veille, de pétrir et de cuire

des gâteaux de farine de froment, qu'elle envoyait à
de pauvres familles de blancs nés dans l'île, qui
n'avaient jamais mangé de pain d'Europe, et qui,
sans aucun secours de noirs, réduits à vivre de ma-
nioc au milieu des bois, n'avaient, pour supporter la
pauvreté, ni la stupidité qui accompagne l'esclavage,
ni le courage qui vient de l'éducation. Ces gâteaux
étaient les seuls présents que Virginie pût faire de
l'aisance de l'habitation; mais elle y joignait une
bonne grâce qui leur donnait un grand prix. D'a-
bord c'était Paul qui était chargé de les porter lui-
même à ces familles, et elles s'engageaient, en les
recevant, à venir le lendemain passer la journée chez
Mme de la Latour et Marguerite. On voyait alors arriver
une mère de famille avec deux ou trois misérables
filles, maigres, jaunes, et si timides, qu'elles n'osaient
lever les yeux. Virginie les mettait bientôt à leur
aise; elle leur servait des rafraîchissements, dont
elle relevait la bonté par quelque circonstance particulière qui en augmentait, selon elle, l'agrément:
cette liqueur avait été préparée par Marguerite, cette
autre par sa mère; son frère avait cueilli lui-même
ce fruit au haut d'un arbre. Elle engageait Paul à les
faire danser. Elle ne les quittait point qu'elle ne les
vît contentes et satisfaites; elle voulait qu'elles fussent joyeuses de la joie de sa famille. « On ne fait
son bonheur, disait-elle, qu'en s'occupant de celui
des autres. » Quand elles s'en retournaient, elle les
engageait à emporter ce qui paraissait leur avoir fait

plaisir, couvrant la nécessité d'agréer ces présents
du prétexte de leur nouveauté ou de leur singularité.
Si elle remarquait trop de délabrement dans leurs
habits, elle choisissait, avec l'agrément de sa mère,
quelques-uns des siens, et allait secrètement les déposer à la porte de leurs cases. Ainsi elle faisait le
bien à l'exemple de la Divinité, cachant la bienfaitrice et montrant le bienfait.

Cette aimable famille n'avait ni horloges, ni almanachs, ni livres de chronologie, d'histoire et de
philosophie. Les périodes de leur vie se réglaient
sur celles de la nature. Ils connaissaient les heures
du jour par l'ombre des arbres, les saisons par les
temps où ils donnent leurs fleurs ou leurs fruits,
et les années par le nombre de leurs récoltes. Ces
douces images répandaient les plus grands charmes
dans leurs conversations. « Il est temps de dîner,
disait Virginie à la famille ; les ombres des bananiers sont à leurs pieds ; » ou bien : « La nuit
s'approche, les tamarins ferment leurs feuilles. —
Quand viendrez-vous nous voir, lui disaient quelques
amies du voisinage. — Aux cannes de sucre, répondait Virginie. — Votre visite nous sera encore plus
douce et plus agréable, » reprenaient ces jeunes
filles. Quand on l'interrogeait sur son âge et sur
celui de Paul : « Mon frère, disait-elle, est de l'âge
du grand cocotier de la fontaine, et moi de celui du
plus petit. Les manguiers ont donné douze fois leurs
fruits, et les orangers vingt-quatre fois leurs fleurs,

depuis que je suis au monde. » Leur vie semblait
attachée à celle des arbres, comme celle des faunes
et des dryades; ils ne connaissaient d'autres époques historiques que celles de la vie de leurs mères,
d'autre chronologie que celle de leurs vergers, et
d'autre philosophie que celle de faire du bien à tout
le monde et de se résigner à la volonté de Dieu.

Cependant un de ces étés qui désolent de temps
à autre les terres situées entre les tropiques vint
étendre ici ses ravages; c'était vers la fin de décembre, lorsque le soleil au Capricorne échauffe
pendant trois semaines l'île de France de ses feux
verticaux. Le vent du sud, qui règne presque toute
l'année, ne soufflait plus. De longs tourbillons de
poussière s'élevaient sur les chemins et restaient
suspendus en l'air. La terre se fendait de toutes
parts; l'herbe était brûlée; des exhalaisons chaudes
sortaient du flanc des montagnes, et la plupart de
leurs ruisseaux étaient desséchés. Aucun nuage ne
venait du côté de la mer; seulement, pendant le
jour, des vapeurs rousses s'élevaient de dessus ses
plaines, et paraissaient au coucher du soleil comme
les flammes d'un incendie. La nuit même n'apportait aucun rafraîchissement à l'atmosphère embra-
sée. L'orbe de la lune, toute rouge, se levait dans
un horizon enflammé d'une grandeur démesurée.
Les troupeaux, abattus sur les flancs des collines,
le cou tendu vers le ciel, aspirant l'air, faisaient
retentir les vallons de tristes mugissements. Le Cafre

qui les conduisait se couchait sur la terre pour y
trouver de la fraîcheur ; mais partout le sol était brû-
lant, et l'air étouffant retentissait du bourdonne-
ment des insectes, qui cherchaient à se désaltérer
dans le sang des hommes et des animaux.

Ces chaleurs excessives élevèrent de l'Océan des
vapeurs qui couvrirent l'île comme un vaste para-
sol. Les sommets des montagnes les rassemblaient
autour d'eux, et de longs sillons de feu sortaient de
temps en temps de leurs pitons embrumés. Bientôt
des tonnerres affreux firent retentir de leurs éclats
les bois, les plaines et les vallons; des pluies épouvantables, semblables à des cataractes, tombèrent
du ciel. Des torrents écumeux se précipitaient le
long des flancs de cette montagne : le fond de ce
bassin était devenu une mer; le plateau où sont
assises les cabanes, une petite île; et l'entrée de
ce vallon, une écluse par où sortaient pêle-mêle,
avec les eaux mugissantes, les terres, les arbres et
les rochers.

Toute la famille tremblante priait Dieu dans la
case de Mme de la Tour, dont le toit craquait horriblement par l'effort des vents. Quoique la porte et
les contrevents en fussent bien fermés, tous les
objets s'y distinguaient à travers les jointures de la
charpente, tant les éclairs étaient vifs et fréquents.
L'intrépide Paul, suivi de Domingue, allait d'une case
à l'autre, malgré la fureur de la tempête, assurant
ici une paroi avec un arc-boutant, enfonçant là un

pieu; il ne rentrait que pour consoler la famille par
l'espoir prochain du retour du beau temps. En
effet, sur le soir, la pluie cessa, le vent alizé du sud-
est reprit son cours ordinaire, les nuages orageux
furent jetés vers le nord-ouest, et le soleil couchant
parut à l'horizon.

Le premier désir de Virginie fut de revoir le lieu
de son repos. Paul s'approcha d'elle, et lui présenta
son bras pour l'aider à marcher. Elle l'accepta en
souriant, et ils sortirent ensemble de la case. L'air
était frais et sonore. Des fumées blanches s'élevaient
sur les croupes de la montagne, sillonnée çà et là
de l'écume des torrents qui tarissaient de tous côtés.
Pour le jardin, il était tout bouleversé par d'affreux
ravins; la plupart des arbres fruitiers avaient leurs
racines en haut; de grands amas de sable couvraient
les lisières des prairies, et avaient comblé le bassin
de Virginie. Cependant les deux cocotiers étaient
debout et bien verdoyants; mais il n'y avait plus
aux environs ni gazons, ni berceaux, ni oiseaux,
excepté quelques bengalis, qui, sur la pointe des
rochers voisins, déploraient par leurs chants plain-
tifs la perte de leurs petits.

A la vue de cette désolation, Virginie dit à Paul :
« Vous aviez apporté ici des oiseaux, l'ouragan les
a tués. Vous aviez planté ce jardin, il est détruit.
Tout périt sur la terre; il n'y a que le ciel qui ne
change point. » Paul répondit par un soupir, et tous
deux portèrent leurs regards vers ce lieu de dé-

lices, le seul où il n'y ait point de larmes à essuyer.

Un jour Mme de la Tour dit à Marguerite : « Chère amie, tu vois dans quelle détresse nous nous trouvons; nous n'avons guère que le nécessaire de chaque jour. Ton noir Domingue est bien cassé; Marie est infirme; moi-même, depuis quinze ans, je suis fort affaiblie. On vieillit promptement dans les pays chauds, et encore plus vite dans le chagrin; si le Ciel nous envoie quelque nouveau malheur, qu'allons-nous devenir? Si notre fils Paul allait dans les Indes pour un peu de temps, le commerce lui fournirait de quoi acheter quelques esclaves, et à son retour nous pourrions vivre tranquilles sur le sort de nos enfants. » Marguerite goûta fort le discours de Mme de la Tour, et elles se séparèrent en disant : « Nous en parlerons à notre voisin. »

En effet, ces dames me consultèrent, et je fus de leur avis. « Les mers de l'Inde sont belles, leur dis-je. En prenant une saison favorable pour passer d'ici aux Indes, c'est un voyage de six semaines au plus, et d'autant de temps pour en revenir. Nous ferons dans notre quartier une pacotille à Paul; car j'ai des voisins qui l'aiment beaucoup. Quand nous ne lui donnerions que du coton brut, dont nous ne faisons aucun usage, faute de moulins pour l'éplucher; du bois d'ébène, si commun ici qu'il sert au chauffage, et quelques résines qui se perdent dans nos bois; tout cela se vend assez bien aux Indes, et nous est fort inutile ici. »

Je me chargeai de demander à M. de la Bourdonnaye une permission d'embarquement pour ce voyage,
et avant tout je voulus en prévenir Paul. Mais quel
fut mon étonnement lorsque ce jeune homme me
dit, avec un bon sens fort au-dessus de son âge :
« Pourquoi voulez-vous que je quitte ma famille pour
je ne sais quel projet de fortune ? Y a-t-il un commerce au monde plus avantageux que la culture d'un
champ qui rend quelquefois cinquante et cent pour
un ? Si nous voulons faire le commerce, ne pouvons-
nous pas le faire en portant notre superflu d'ici à la
ville, sans que j'aille courir aux Indes ? Nos mères
me disent que Domingue est vieux et cassé ; mais
moi, je suis jeune et je me renforce chaque jour. Il
n'a qu'à leur arriver, pendant mon absence, quelque
accident ! Oh ! non, non, je se saurais me résoudre
à les quitter. »

Sa réponse me jeta dans un grand embarras, et
je ne savais quel parti prendre, lorsqu'un vaisseau
arrivé de France apporta à Mme de la Tour une lettre
de sa tante. La crainte de la mort, sans laquelle les
cœurs durs ne seraient jamais sensibles, l'avait
frappée. Elle sortait d'une grande maladie dégénérée
en langueur, et que l'âge rendait incurable. Elle
mandait à sa nièce de repasser en France, ou, si sa
santé ne lui permettait pas de faire un si long voyage,
elle lui enjoignait d'y envoyer Virginie, à laquelle
elle destinait une bonne éducation, un parti à la cour
et la donation de tous ses biens. Elle attachait, di-

sait-elle, le retour de ses bontés à l'exécution de ses ordres.

A peine cette lettre fut-elle lue dans la famille, qu'elle y répandit la consternation. Domingue et Marie se mirent à pleurer. Pourriez-vous nous quitter maintenant? dit Maguerite à Mme de la Tour. — Non, mon amie, non, mes enfants, reprit Mme de la Tour, je ne vous quitterai point; j'ai vécu avec vous, et c'est avec vous que je veux mourir. Je n'ai connu le bonheur que dans votre amitié. Si ma santé est dérangée, d'anciens chagrins en sont cause. J'ai été blessée au cœur par la dureté de mes parents et par la perte de mon cher époux; mais depuis j'ai goûté plus de consolation et de félicité avec vous sous ces pauvres cabanes, que jamais les richesses de ma famille ne m'en ont fait même espérer dans ma patrie. »

A ce discours, des larmes de joie coulèrent de tous les yeux. Paul, serrant Mme de la Tour dans ses bras, lui dit : « Je ne vous quitterai pas non plus, je n'irai point aux Indes. Nous travaillerons tous pour vous, chère maman; rien ne vous manquera jamais avec nous. »

Le lendemain, au lever du soleil, comme ils venaient de faire tous ensemble, suivant leur coutume, la prière du matin qui précédait le déjeuner, Domingue les avertit qu'un monsieur à cheval, suivi de deux esclaves, s'avançait vers l'habitation. C'était M. de la Bourdonnaye. Il entra dans la case, où toute la famille était à table. Virginie venait de servir, suivant l'usage du pays, du café et du riz cuit à l'eau. Elle y avait joint des patates chaudes et des bananes fraîches. Il y avait pour toute vaisselle des moitiés de calebasses, et pour linge des feuilles de bananiers. Le gouverneur témoigna d'abord quelque étonnement de la pauvreté de cette demeure. Ensuite, s'adressant à Mme de la Tour, il lui dit que les affaires générales l'empêchaient quelquefois de songer aux particulières, mais qu'elles avaient bien des droits sur lui. « Vous avez, ajouta-t-il, Madame, une tante de qualité et fort riche à Paris, et qui vous réserve sa fortune et vous attend auprès d'elle. » Mme de la Tour répondit au gouverneur que sa santé altérée ne lui permettait pas d'entreprendre un si long voyage. « Au moins, reprit M. de la Bourdonnaye, pour mademoiselle votre fille, vous ne sauriez sans injustice la priver d'une si grande succession. Je ne vous cache pas que votre tante a employé l'autorité pour la faire venir auprès d'elle. Les bureaux m'ont écrit, à ce sujet, d'user, s'il le fallait, de mon pouvoir ; mais, ne l'exerçant que pour rendre heureux les habitants de cette colonie, j'attends de votre volonté seule un sacrifice de quelques années, d'où dépend l'établissement de votre fille, le bien-être de toute votre vie. Pourquoi vient-on aux îles ? n'est-ce pas pour y faire fortune ? N'est-il pas bien plus agréable de l'aller trouver dans sa patrie ? »

En disant ces mots, il posa sur la table un gros

sac de piastres que portait un de ses noirs. « Voilà, ajouta-t-il, ce qui est destiné aux préparatifs de voyage de mademoiselle votre fille de la part de votre tante. » Ensuite il finit par reprocher avec bonté à Mme de la Tour de ne pas s'être adressée à lui, dans ses besoins, en la louant cependant de son noble courage. Paul aussitôt prit la parole, et dit au gouverneur : « Monsieur, ma mère s'est adressée à vous, et vous l'avez mal reçue. — Avez-vous un autre enfant, Madame? dit M. de la Bourdonnaye à Mme de la Tour. — Non, Monsieur, reprit-elle, celui-ci est le fils de mon amie; mais lui et Virginie nous sont communs et également chers. — Jeune homme, dit le gouverneur à Paul, quand vous aurez acquis l'expérience du monde, vous connaîtrez le malheur des gens en place; vous saurez combien il est facile de les prévenir, combien aisément ils donnent au vice intrigant ce qui appartient au mérite qui se cache. »

M. de la Bourdonnaye, invité par Mme de la Tour, s'assit à table auprès d'elle. Il déjeuna à la manière des créoles, de café mêlé avec du riz cuit à l'eau. Il fut charmé de l'ordre et de la propreté de la petite case, de l'union de ces deux familles charmantes, et du zèle même de leurs vieux domestiques. « Il n'y a, dit-il, ici que des meubles de bois; mais on y trouve des visages sereins et des cœurs d'or. » Paul, charmé de la popularité du gouverneur, lui dit : « Je désire être votre ami, car vous êtes un honnête homme. » M. de la Bourdonnaye reçut avec plaisir cette marque de

cordialité insulaire. Il embrassa Paul en lui serrant
la main, et l'assura qu'il pouvait compter sur son
amitié.

Après le déjeuner, il prit Mme de la Tour en particulier, et lui dit qu'il se présentait une occasion
prochaine d'envoyer sa fille en France sur un vaisseau près de partir; qu'il la recommanderait à une
dame de ses parentes qui y était passagère; qu'il
fallait bien se garder d'abandonner une fortune immense pour une satisfaction de quelques années.
« Votre tante, ajouta-t-il en s'en allant, ne peut traî-
ner plus de deux ans, ses amis me l'ont mandé.
Songez-y bien, la fortune ne vient pas tous les jours.
Consultez-vous. Tous les gens de bon sens seront de
mon avis. » Elle lui répondit que, ne désirant désormais d'autre bonheur dans le monde que celui de sa
fille, elle laisserait son départ pour la France entièrement à sa disposition.

Quelque peine que Mme de la Tour dût éprouver en
se séparant de sa fille, elle n'était pas fâchée de faire
pour toujours son bonheur. Elle la prit donc à part,
et lui dit : « Mon enfant, nos domestiques sont vieux;
Paul est bien jeune; Marguerite vient sur l'âge; je
suis déjà infirme : si j'allais mourir, que deviendriez-
vous, sans fortune au milieu de ces déserts? Vous
resteriez donc seule, n'ayant personne qui puisse
vous être d'un grand secours, et obligée, pour vivre,
de travailler sans cesse à la terre comme une mer-
cenaire. Cette idée me pénètre de douleur. » Virginie

lui répondit : « Dieu nous a condamnés au travail.
Vous m'avez appris à travailler et à le bénir chaque
jour. Jusqu'à présent il ne nous a pas abandonnés, il
ne nous abandonnera point encore. Sa providence
veille particulièrement sur les malheureux. Vous me
l'avez dit tant de fois, ma mère! Je ne saurais me
résoudre à vous quitter. » Mme de la Tour, émue,
reprit : « Je n'ai d'autre objet que de te rendre heureuse. »

Vers le soir, comme elle était seule avec Virginie,
il entra chez elle un grand homme vêtu d'une sou-
tane bleue. C'était un ecclésiastique missionnaire de
l'île et confesseur de Mme de la Tour et de Virginie.
Il était envoyé par le gouverneur. « Mes enfants, dit-
il en entrant, Dieu soit loué! vous voilà riches. Vous
pourrez écouter votre bon cœur, faire du bien aux
pauvres. Je sais ce que vous a dit M. de la Bourdonnaye, et ce que vous lui avez répondu. Bonne maman, votre santé vous oblige de rester ici; mais vous,
jeune demoiselle, vous n'avez point d'excuse. Il faut
obéir à la Providence, à nos vieux parents, même
injustes. C'est un sacrifice; mais c'est l'ordre de
Dieu. Il s'est dévoué pour nous; il faut, à son
exemple, se dévouer pour le bien de sa famille.
Votre voyage en France aura une fin heureuse.
Ne voulez-vous pas bien y aller, ma chère demoiselle? »

Virginie, les yeux baissés, lui répondit en tremblant : « Si c'est l'ordre de Dieu, je ne m'oppose à

rien. Que la volonté de Dieu soit faite ! » dit-elle en pleurant.

Le missionnaire sortit, et fut rendre compte au gouverneur du succès de sa commission. Cependant Mme de la Tour m'envoya prier par Domingue de passer chez elle pour me consulter sur le départ de Virginie. Je ne fus point du tout d'avis qu'on la laissât partir. Je tiens pour principes certains du bonheur qu'il faut préférer les avantages de la nature à tous ceux de la fortune, et que nous ne devons point aller chercher hors de chez nous ce que nous pouvons trouver chez nous. J'étends ces maximes à tout sans exception. Mais que pouvaient ces conseils de modération contre les illusions d'une grande fortune ? D'ailleurs une autorité sacrée avait parlé, son parti était pris ; elle ne me consulta donc que par bienséance, et elle ne délibéra plus depuis la décision de son confesseur. Marguerite même, qui s'était opposée fortement à son départ, ne fit point d'objections.

Cependant le bruit s'était répandu dans l'île que la fortune avait visité ces rochers ; on y vit grimper des marchands de toute espèce. Ils déployèrent au milieu de ces pauvres cabanes les plus riches étoffes de l'Inde : de superbes basins de Goudelour, des mouchoirs de Paliacate et de Mazulipatan, des mousselines de Daca, unies, rayées, brodées, transparentes comme le jour ; des baftas de Surate, d'un si beau blanc ; des chittes de toute couleur et des plus rares, à fond sablé et à rameaux verts. Ils déroulèrent de magnifiques étoffes de soie de la Chine, des lampas découpés à jour, des damas d'un blanc satiné, d'autres d'un vert de prairie, d'autres d'un rouge à éblouir, des taffetas roses, des satins à pleine main, des pékins moelleux comme le drap, des nankins blancs et jaunes, et jusqu'à des pagnes de Madagascar.

Mme de la Tour voulut que sa fille achetât tout ce qui lui ferait plaisir; elle veilla seulement sur le prix et la qualité des marchandises, de peur que les marchands ne la trompassent. Virginie choisit tout ce qu'elle crut être agréable à sa mère et à toute sa famille. « Ceci, disait-elle, était bon pour des meubles, cela pour l'usage de Marie et de Domingue. » Enfin le sac de piastres était employé qu'elle n'avait pas encore songé à ses besoins. Il fallut lui faire son partage sur les présents qu'elle avait distribués à la société.

Paul, pénétré de douleur à la vue de ces dons de la fortune, qui lui présageaient le départ de Virginie, s'en vint quelques jours après chez moi. Il me dit d'un air accablé : « Ma sœur s'en va, elle a fait déjà les apprêts de son voyage. Passez chez nous, je vous en prie. Employez votre crédit sur l'esprit de sa mère et de la mienne pour la retenir. » Je me rendis aux instances de Paul, quoique bien persuadé que mes représentations seraient sans effet.

Lorsque l'heure du souper fut venue, on se mit à

table; chacun des convives, agité de passions différentes, mangea peu, et ne parla point. Virginie en
sortit la première, et fut s'asseoir au lieu où nous
sommes. Il faisait une de ces nuits délicieuses si
communes entre les tropiques, et dont le plus habile
pinceau ne rendrait pas la beauté. La lune paraissait
au milieu du firmament, entourée d'un rideau de
nuages, que ses rayons dissipaient par degrés. Sa
lumière se répandait insensiblement sur les montagnes de l'île et sur leurs pitons, qui brillaient d'un
vert argenté. Les vents retenaient leurs haleines. On
entendait dans les bois, au fond des vallées, au haut
des rochers, de petits cris, de doux murmures d'oiseaux, réjouis par la clarté de la nuit et la tranquil-
lité de l'air. Tous, jusqu'aux insectes, bruissaient sous
l'herbe. Les étoiles étincelaient au ciel, et se réflé-
chissaient au sein de la mer, qui répétait leurs images tremblantes. Virginie parcourait avec des regards
distraits son vaste et sombre horizon, distingué du
rivage de l'île par les feux rouges des pêcheurs. Elle
aperçut à l'entrée du port une lumière et une ombre :
c'était le fanal et le corps du vaisseau où elle devait
s'embarquer pour l'Europe, et qui, prêt à mettre à la
voile, attendait à l'ancre la fin du calme. A cette vue
elle se mit à pleurer.

Je m'approchai d'elle en ce moment, et je lui dis :
« Mademoiselle, vous partez, dit-on, dans trois jours.
Vous ne craignez pas de vous exposer aux dangers
de la mer..., de la mer, dont vous êtes si effrayée !

— Il faut, répondit Virginie, que j'obéisse à mes
parents, à mon devoir. — Vous nous quitterez pour
une parente éloignée que vous n'avez jamais vue ! —
Hélas ! dit Virginie, je voulais rester ici toute ma vie,
ma mère ne l'a pas voulu. Elle m'a dit que la volonté
de Dieu était que je partisse ; que la vie était une
épreuve... : oh ! c'est une épreuve bien dure ! bien
dure ! — Quoi, lui répondis-je, tant de raisons vous
ont décidée, et aucune ne vous a retenue ! Sans doute
il en est encore que vous ne dites pas. La richesse a
de grands attraits ; mais pensez-vous à votre bonheur ? Dans quelle terre aborderez-vous qui vous soit
plus chère que celle où vous êtes née ? Où formerez-
vous une société plus aimable que celle qui vous aime ?
Comment vivrez-vous sans les caresses de votre mère,
auxquelles vous êtes si accoutumée ? Que deviendra-
t-elle elle-même, déjà sur l'âge, lorsqu'elle ne vous
verra plus à ses côtés, à la table, dans la maison, à la
promenade, où elle s'appuyait sur vous ? Que lui
dirai-je quand je la verrai pleurer votre absence ? »
Virginie voulut me répondre ; mais elle ne put que
pousser un soupir. Ses yeux étincelaient ; la sueur
coulait à grosses gouttes sur son visage, ses genoux
tremblaient. J'appelai aussitôt Mme de la Tour, Marguerite et Paul, qui étaient assis à quelques pas de
là sous des bananiers. Paul était plongé dans la plus
profonde affliction ; sa tête altière était baissée, et
un torrent de larmes coulait de ses yeux ; sa mère,
mêlant ses larmes aux siennes, le tenait embrassé

6

sans pouvoir parler ; Mme de la Tour, hors d'elle-même, me dit : « Je ne puis plus y tenir ; mon âme est déchirée. Ce malheureux voyage n'aura pas lieu. Il y a huit jours que personne n'a dormi. »

Je dis à Paul : « Mon ami, votre sœur restera. Demain nous en parlerons au gouverneur : laissez reposer votre famille et venez passer cette nuit chez moi. Il est tard, il est minuit, la croix du sud est droite sur l'horizon. » Il se laissa emmener sans rien dire, et, après une nuit fort agitée, il se leva au point du jour, et s'en retourna à son habitation.

Mais qu'est-il besoin de vous continuer plus longtemps le récit de cette histoire? Il n'y a jamais qu'un côté agréable à connaître dans la vie humaine. Semblable au globe sur lequel nous tournons, notre révolution rapide n'est que d'un jour, et une partie de ce jour ne peut recevoir la lumière, que l'autre ne soit livrée aux ténèbres.

« Mon père, lui dis-je, je vous en conjure, achevez de me raconter ce que vous avez commencé d'une manière si touchante. Les images du bonheur nous plaisent ; mais celles du malheur nous instruisent. Que devint cette infortunée famille? »

Le premier objet que vit Paul, en retournant à l'habitation, fut la négresse Marie, qui, montée sur un rocher, regardait vers la pleine mer. Il lui cria du plus loin qu'il l'aperçut : « Où est Virginie? » Marie tourna le dos vers son jeune maître, et se mit à pleurer. Paul, hors de lui, revint sur ses pas, et

courut au port. Il y apprit que Virginie s'était em-
barquée au point du jour, que son vaisseau avait mis
à la voile aussitôt, et qu'on ne le voyait plus. Il
revint à l'habitation, qu'il traversa sans parler à personne.

Quoique cette enceinte de rochers paraisse derrière nous presque perpendiculaire, ces plateaux
verts, qui en divisent la hauteur, sont autant d'é-
tages par lesquels on parvient, au moyen de quelques sentiers difficiles, jusqu'au pied de ce cône de
rochers incliné et inaccessible qu'on appelle le Pouce.
A la base de ce rocher est une esplanade couverte
de grands arbres, mais si élevée et si escarpée,
qu'elle est comme une grande forêt dans l'air, en-
vironnée de précipices effroyables. Les nuages, que
le sommet du Pouce attire sans cesse autour de lui,
y entretiennent plusieurs ruisseaux, qui tombent à
une si grande profondeur au fond de la vallée située
au revers de cette montagne, que de cette hauteur on
n'entend point le bruit de leur chute. De ce lieu on
voit une grande partie de l'île avec ses mornes sur-
montés de leurs pitons, entre autres Pieter-Booth et
les Trois-Mamelles, avec leurs vallons remplis de
forêts; puis la pleine mer et l'île Bourbon, qui est à
quarante lieues de là vers l'occident. Ce fut de cette
élévation que Paul aperçut le vaisseau qui emmenait
Virginie. Il le vit à plus de dix lieues au large, comme
un point noir au milieu de l'Océan. Il resta une partie
du jour tout occupé à le considérer; et quand il fut

perdu dans la vapeur de l'horizon, il s'assit dans ce lieu sauvage, toujours battu des vents, qui agitent sans cesse les sommets des palmistes et des tatamaques. Leur murmure sourd et mugissant ressemble au bruit lointain des orgues, et inspire une profonde mélancolie. Ce fut là que je trouvai Paul, la tête appuyée contre le rocher et les yeux fixés vers la terre. Je marchais après lui depuis le lever du soleil. Je le ramenai à son habitation, et son premier mouvement, en revoyant Mme de la Tour, fut de se plaindre amèrement qu'elle l'avait trompé. Mme de la Tour nous dit que le vent s'étant levé vers les trois heures du matin, le vaisseau étant au moment d'appareiller, le gouverneur, suivi d'une partie de son état-major et du missionnaire, était venu chercher Virginie en palanquin, et que malgré ses propres raisons, ses larmes et celles de Marguerite, tout le monde criant que c'était pour leur bien à tous, ils avaient emmené sa fille à demi mourante. « Au moins, répondit Paul, si je lui avais fait mes adieux, je serais tranquille à présent. » Et après quelques instants de silence : « O ma sœur, s'écria-t-il, quelle cruelle séparation ! » Puis il se mit à pleurer, et toute la famille répondit à ses larmes par des larmes plus abondantes. Le bon noir Domingue parcourait la maison en sens divers. Il disait à ses chèvres et à leurs petits chevreaux qui le suivaient en bêlant : « Que me demandez-vous ? vous ne reverrez plus avec moi celle qui vous donnait à manger dans sa

main. » A la vue des oiseaux qui voltigeaient autour
de lui, il s'écriait : « Pauvres oiseaux ! vous n'irez
plus au-devant de celle qui était votre bonne nour-
rice. » En voyant Fidèle, qui flairait çà et là, il lui
dit : « Oh ! tu ne la retrouveras plus jamais ! »

Plus d'un an et demi s'était écoulé sans que Mme de
la Tour eût des nouvelles de sa tante et de sa fille ;
seulement elle avait appris, par une voie étrangère,
que celle-ci était arrivée heureusement en France.
Enfin elle reçut, par un vaisseau qui allait aux Indes,
un paquet et une lettre écrite de la propre main de
Virginie. Malgré la circonspection de son aimable et
indulgente jeune fille, elle jugea qu'elle était fort
malheureuse. Cette lettre peignait si bien sa situation
et son caractère, que je l'ai retenue presque mot
pour mot.

« Très chère et bien-aimée maman,

« Je vous ai déjà écrit plusieurs lettres de mon
« écriture ; et comme je n'ai pas eu de réponse, j'ai
« lieu de craindre qu'elles ne vous soient pas par-
« venues. J'espère mieux de celle-ci par les précau-
« tions que j'ai prises pour vous donner de mes
« nouvelles et pour recevoir des vôtres.

« J'ai versé bien des larmes depuis notre sépara-
« tion, moi qui n'avais presque jamais pleuré que

« sur les maux d'autrui ! Ma grand'tante fut bien
« surprise à mon arrivée, lorsque m'ayant ques-
« tionnée sur mes talents, je lui dis que je ne savais
« ni lire ni écrire. Elle me demanda qu'est-ce que
« j'avais donc appris depuis que j'étais au monde ;
« et quand je lui eus répondu que c'était à avoir soin
« du ménage et à faire votre volonté, elle me ré-
« pondit que j'avais reçu l'éducation d'une servante.
« Elle me mit dès le lendemain dans une pension
« près de Paris, où j'ai des maîtres de toute espèce :
« ils m'enseignent, entre autres choses, l'histoire,
« la géographie, la grammaire, les mathématiques ;
« mais j'ai de si faibles dispositions pour toutes ces
« sciences, que je ne profiterai pas beaucoup avec
« ces messieurs. Je sens que je suis une pauvre créa-
« ture qui a peu d'esprit, comme ils le font entendre.
« Cependant les bontés de ma tante ne se refroidis-
« sent point. Elle me donne des robes nouvelles à
« chaque saison. Elle a mis près de moi deux femmes
« de chambre, qui sont aussi bien parées que des
« grandes dames. Elle m'a fait prendre le titre de
« comtesse ; mais elle m'a fait quitter mon nom de
« LA TOUR, qui m'était aussi cher qu'à vous-même,
« par tout ce que vous m'avez conté des peines que
« mon père a souffertes pour vous. Elle a remplacé
« votre nom de femme par votre nom de famille,
« qui m'est encore cher cependant, parce qu'il a été
« le vôtre. Me voyant dans une situation aussi bril-
« lante, je l'ai suppliée de vous envoyer quelque

« secours. Comment vous rendre sa réponse? Mais
« vous m'avez recommandé de vous dire toujours la
« vérité. Elle m'a donc répondu que peu ne vous
« servirait à rien, et que, dans la vie simple que
« vous menez, beaucoup vous embarrasserait. J'ai
« cherché d'abord à vous donner de mes nouvelles
« par une main étrangère au défaut de la mienne;
« mais n'ayant, à mon arrivée ici, personne en qui
« je pusse prendre confiance, je me suis appliquée
« nuit et jour à apprendre à lire et à écrire. Dieu
« m'a fait la grâce d'en venir à bout en peu de temps.
« J'ai chargé de l'envoi de mes premières lettres les
« dames qui sont autour de moi; j'ai lieu de croire
« qu'elles les ont remises à ma grand'tante. Cette
« fois j'ai recours à une pensionnaire de mes amies:
« c'est sous son adresse ci-jointe que je vous prie
« de me faire passer vos réponses. Ma grand'tante
« m'a interdit toute correspondance au dehors, qui
« pourrait, selon elle, mettre obstacle aux grandes
« vues qu'elle a sur moi. Il n'y a qu'elle qui puisse
« me voir, ainsi qu'un vieux seigneur de ses amis.

« Je vis au milieu de l'éclat de la fortune, et je ne
« puis disposer d'un sou. On dit que, si j'avais de
« l'argent, cela tirerait à conséquence. Mes robes
« mêmes appartiennent à mes femmes de chambre,
« qui se les disputent avant que je les aie quittées.
« Au sein des richesses, je suis bien plus pauvre que
« je ne l'étais auprès de vous; car je n'ai rien à
« donner. Lorsque j'ai vu que les grands talents que

« l'on m'enseignait ne me procureraient pas la faci-
« lité de faire le plus petit bien, j'ai eu recours à
« mon aiguille, dont heureusement vous m'avez
« appris à faire usage. Je vous envoie donc plusieurs
« paires de bas de ma façon pour vous et maman
« Marguerite, un bonnet pour Domingue, et des
« mouchoirs rouges pour Marie. Je joins à ce paquet
« des pépins et des noyaux des fruits de mes colla-
« tions, avec des graines de toutes sortes d'arbres,
« que j'ai cueillies, à mes heures de récréation, dans
« le parc de la pension. J'y ai ajouté aussi des se-
« mences de violettes, de marguerites, de bassinets,
« de coquelicots, de bluets, de scabieuses, que j'ai
« ramassés dans les champs. Il y a dans les prai-
« ries de ce pays de plus belles fleurs que dans les
« nôtres; mais personne ne s'en soucie. Je suis sûre
« que vous et maman Marguerite serez plus contentes
« de ce sac de graines que du sac de piastres qui a
« été la cause de notre séparation et de mes larmes.
« Ce sera une grande joie pour moi si vous avez un
« jour la satisfaction de voir des pommiers croître
« auprès des bananiers, et des hêtres mêler leur
« feuillage à celui des cocotiers. Vous vous croirez
« dans la Normandie, que vous aimez tant.

« Vous m'avez enjoint de vous mander mes joies
« et mes peines, je n'ai plus de joies loin de vous;
« pour mes peines. Je les adoucis en pensant que
« je suis dans un poste où vous m'avez mise par la
« volonté de Dieu. Mais le plus grand chagrin que

« j'y éprouve est que personne ne me parle ici
« de vous, et que je n'en puis parler à personne.
« Mes femmes de chambre, ou plutôt celles de ma
« grand'tante, car elles sont plus à elle qu'à moi,
« me disent, lorsque je cherche à amener la conver-
« sation sur des objets qui me sont si chers : Made-
« moiselle, souvenez-vous que vous êtes Française,
« et que vous devez oublier le pays des sauvages.
« Ah ! je m'oublierais plutôt moi-même, que d'ou-
« blier le lieu où je suis née, et où vous vivez ! C'est
« ce pays-ci qui est pour moi un pays de sauvages;
« car j'y vis seule, n'ayant personne à qui je puisse
« faire part de l'amour que vous portera jusqu'au
« tombeau,

            « Très chère et bien-ainée maman,

               « Votre obéissante et tendre fille,

                   « VIRGINIE DE LA TOUR. »

   « Je recommande à vos bontés Marie et Domingue,
« qui ont pris tant de soins de mon enfance; cares-
« sez pour moi Fidèle, qui m'a retrouvée dans les
« bois. »

Dans un post-scriptum, Virginie recommandait
particulièrement à Paul deux espèces de graines :
celles de violettes et de scabieuses. Elle lui donnait
quelques instructions sur les caractères de ces

plantes, et sur les lieux les plus propres à les semer. « La violette, lui mandait-elle, produit une
petite fleur d'un violet foncé, qui aime à se cacher
sous les buissons; mais son charmant parfum l'y
fait bientôt découvrir. » Elle lui enjoignait de la
semer sur le bord de la fontaine, au pied de son
cocotier. « La scabieuse, ajoutait-elle, donne une
jolie fleur d'un bleu mourant et à fond noir piqueté
de blanc. On la croirait en deuil. On l'appelle aussi,
pour cette raison, fleur de veuve. Elle se plaît dans
les lieux âpres et battus des vents. » Elle le priait de
la semer sur le rocher où elle avait passé la dernière
nuit avec sa famille, et de donner à ce rocher le
nom de ROCHER DES ADIEUX.

La lettre de cette sensible et vertueuse demoiselle
fit verser des larmes à toute la famille. Sa mère lui
répondit, au nom de la société, de rester ou de revenir à son gré, l'assurant qu'ils avaient tous perdu
la meilleure partie de leur bonheur depuis son départ, et que pour elle en particulier elle en était
inconsolable.

Paul, qui depuis son départ avait aussi appris à
lire et à écrire, lui écrivit une lettre fort longue, où
il l'assurait qu'il allait rendre le jardin digne d'elle,
et y mêler les plantes de l'Europe à celles de l'Afrique.
Il lui envoyait des fruits des cocotiers de sa fontaine,
parvenus à une maturité parfaite. Il n'y joignait,
ajoutait-il, aucune autre semence de l'île, afin que le
désir d'en revoir les productions la déterminât à y

revenir promptement. Il la suppliait de se rendre au plus tôt aux vœux ardents de leur famille.

Paul sema avec le plus grand soin les graines européennes, et surtout celles de violettes et de scabieuses, dont les fleurs semblaient avoir quelque analogie avec le caractère et la situation de Virginie, qui les lui avait si particulièrement recommandées; mais soit qu'elles eussent été éventées dans le trajet, soit plutôt que le climat de cette partie de l'Afrique ne leur fût pas favorable, il n'en germa qu'un petit nombre, qui ne put venir à sa perfection.

Je demeure, comme je vous l'ai dit, à une lieue et demie d'ici sur les bords d'une petite rivière qui coule le long de la Montagne-Longue. C'est là que je passe ma vie seul, sans femme, sans enfants et sans esclaves.

Après le rare bonheur de trouver une compagne qui nous soit bien assortie, l'état le moins malheureux de la vie est sans doute de vivre seul. Tout homme qui a eu beaucoup à se plaindre des hommes cherche la solitude. La solitude ramène en partie l'homme au bonheur naturel, en éloignant de lui le malheur social. Au milieu de nos sociétés, divisées par tant de préjugés, l'âme est dans une agitation continuelle; elle roule sans cesse en elle-même mille opinions turbulentes et contradictoires, dont les membres d'une société ambitieuse et misérable cherchent à se subjuguer les uns les autres. Mais dans la solitude elle dépose ces illusions étrangères qui la

troublent ; elle reprend le sentiment simple d'elle-
même, de la nature et de son auteur. Ainsi l'eau
bourbeuse d'un torrent qui ravage les campagnes,
venant à se répandre dans quelque petit bassin
écarté de son cours, dépose ses vases au fond de
son lit, reprend sa première limpidité, et, redevenue
transparente, réfléchit, avec ses propres rivages, la
verdure de la terre et la lumière des cieux. La solitude rétablit aussi bien les harmonies du corps que
celles de l'âme. C'est dans la classe des solitaires
que se trouvent les hommes qui poussent le plus
loin la carrière de la vie. Enfin je la crois si nécessaire au bonheur dans le monde même, qu'il me
paraît impossible d'y goûter un plaisir durable de
quelque sentiment que ce soit, ou de régler sa conduite sur quelque principe stable, si l'on ne se fait
une solitude intérieure, d'où notre opinion sorte
bien rarement, et où celle d'autrui n'entre jamais.
Je ne peux pas dire toutefois que l'homme doive
vivre absolument seul : il est lié avec tout le genre
humain par ses besoins ; il doit donc ses travaux aux
hommes, il se doit aussi au reste de la nature. Mais
comme Dieu a donné à chacun de nous des organes
parfaitement assortis aux éléments du globe où nous
vivons, des pieds pour le sol, des poumons pour l'air,
des yeux pour la lumière, sans que nous puissions
intervertir l'usage de ces sens, il s'est réservé pour lui
seul, qui est l'auteur de la vie, le cœur, qui en est le
principal organe.

Je passe donc mes jours loin des hommes, que j'ai voulu servir et qui m'ont persécuté.

Après avoir parcouru une grande partie de l'Europe et quelques cantons de l'Amérique et de l'Afrique, je me suis fixé dans cette île peu habitée, séduit par sa douce température et par ses solitudes. Une cabane que j'ai bâtie dans la forêt, au pied d'un arbre, un petit champ défriché de mes mains, une rivière qui coule devant ma porte, suffisent à mes besoins et à mes plaisirs. Je joins à ces jouissances celles de quelques bons livres, qui m'apprennent à devenir meilleur. Ils font encore servir à mon bonheur le monde même que j'ai quitté; ils me présentent des tableaux des passions qui en rendent les habitants si misérables; et, par la comparaison que je fais de leur sort au mien, ils me font jouir d'un bonheur négatif. Comme un homme sauvé du naufrage sur un rocher, je contemple de ma solitude les orages qui frémissent dans le reste du monde. Mon repos même redouble par le bruit lointain de la tempête. Depuis que les hommes ne sont plus sur mon chemin, et que je ne suis plus sur le leur, je ne les hais plus, je les plains. Si je rencontre quelque infortuné, je tâche de venir à son secours par mes conseils, comme un passant sur le bord d'un torrent tend la main à un malheureux qui s'y nòie. Mais je n'ai guère trouvé que l'innocence attentive à ma voix. La nature appelle en vain à elle le reste des hommes, chacun d'eux se fait d'elle-même une image qu'il revêt de ses propres passions. Il poursuit toute sa vie ce vain fantôme qui l'égare, et il se plaint ensuite au Ciel de l'erreur qu'il s'est formée lui-même. Parmi un grand nombre d'infortunés que j'ai quelquefois essayé de ramener à la nature, je n'en ai pas trouvé un seul qui ne fût enivré de ses propres misères. Ils m'écoutaient d'abord avec attention, dans l'espérance que je les aiderais à acquérir de la gloire ou de la fortune ; mais voyant que je ne voulais leur apprendre qu'à s'en passer, ils me trouvaient moi-même misérable de ne pas courir après leur malheureux bonheur, ils blâmaient ma vie solitaire ; ils prétendaient qu'eux seuls étaient utiles aux hommes, et ils s'efforçaient de m'entraîner dans leur tourbillon. Mais si je me communique à tout le monde, je ne me livre à personne. Souvent il me suffit de moi pour servir de leçon à moi-même. Je repasse dans le calme présent les agitations passées de ma propre vie, auxquelles j'ai donné tant de prix, les protections, la fortune, la réputation, les voluptés et les opinions qui se combattent par toute la terre. Je compare tant d'hommes que j'ai vus se disputer avec fureur ces chimères, et qui ne sont plus, aux flots de ma rivière, qui se brisent en écumant contre les rochers de son lit, et disparaissent pour ne revenir jamais. Pour moi, je me laisse entraîner en paix au fleuve du temps, vers l'océan de l'avenir qui n'a plus de rivages ; et, par le spectacle des harmonies actuelles de la nature, je m'élève vers son auteur, et

j'espère dans un autre monde de plus heureux des-
tins.

Quoiqu'on n'aperçoive pas de mon ermitage, situé
au milieu d'une forêt, cette multitude d'objets que
nous présente l'élévation du lieu où nous sommes,
il s'y trouve des dispositions intéressantes, surtout
pour un homme qui, comme moi, aime mieux rentrer en lui-même que de s'étendre au dehors. La
rivière qui coule devant ma porte passe en ligne
droite à travers les bois, en sorte qu'elle me présente
un long canal ombragé d'arbres de toutes sortes de
feuillages : il y a des tatamaques, des bois d'ébène,
et de ceux qu'on appelle ici bois de gomme, bois
d'olive et bois de cannelle ; des bosquets de palmistes élèvent çà et là leurs colonnes nues et longues
de plus de cent pieds, surmontées à leurs sommets
d'un bouquet de palmes, et paraissent au-dessus des
autres arbres comme une forêt plantée sur une
autre forêt. Il s'y joint des lianes de divers feuillages, qui, s'enlaçant d'un arbre à l'autre, forment
ici des arcades de fleurs, là de longues courtines
de verdure. Des odeurs aromatiques sortent de la
plupart de ces arbres, et leurs parfums ont tant
d'influence sur les vêtements mêmes, qu'on sent ici
un homme qui a traversé une forêt quelques heures
après qu'il en est sorti. Dans la saison où ils donnent leurs fleurs, vous les diriez à demi couverts de
neige.

A la fin de l'été, plusieurs espèces d'oiseaux étran-

gers viennent, par un instinct incompréhensible, de
régions inconnues, au delà des vastes mers, récolter
les graines des végétaux de cette île, et opposent
l'éclat de leurs couleurs à la verdure des arbres
rembrunie par le soleil. Telles sont, entre autres,
diverses espèces de perruches, les pigeons bleus,
appelés ici pigeons hollandais. Les singes, habitants
domiciliés de ces forêts, se jouent dans leurs
sombres rameaux, dont ils se détachent par leur
poil gris et verdâtre et leur face toute noire; quelques-uns s'y suspendent par la queue et se balancent
en l'air; d'autres sautent de branche en branche,
portant leurs petits dans leurs bras. Jamais le fusil
meurtrier n'a effrayé ces paisibles enfants de la
nature. On n'y entend que des cris de joie, des
gazouillements et des ramages inconnus de quelques
oiseaux des terres australes, que répètent au loin les
échos de ces forêts. La rivière qui coule en bouil-
lonnant sur son lit de roche, à travers les arbres,
réfléchit çà et là dans ses eaux limpides leurs masses
vénérables de verdure et d'ombre, ainsi que les jeux
de leurs heureux habitants; à mille pas de là, elle se
précipite de différents étages de rocher, et forme à
sa chute une nappe d'eau unie comme le cristal, qui
se brise en tombant en bouillons d'écume. Mille
bruits confus sortent de ces eaux tumultueuses, et,
dispersés par les vents dans la forêt, tantôt ils fuient
au loin, tantôt ils se rapprochent tous à la fois et
assourdissent comme les sons des cloches d'une

cathédrale. L'air, sans cesse renouvelé par le mouvement des eaux, entretient sur les bords de cette rivière, malgré les ardeurs de l'été, une verdure et une fraîcheur qu'on trouve rarement dans cette île, sur le haut même des montagnes.

A quelque distance de là est un rocher assez éloigné de la cascade pour qu'on n'y soit pas étourdi du bruit de ses eaux, et qui en est assez voisin pour y jouir de leur vue, de leur fraîcheur et de leur murmure. Nous allions quelquefois, dans les grandes chaleurs, dîner à l'ombre de ce rocher, Mme de la Tour, Marguerite, Virginie, Paul et moi. Comme Virginie dirigeait toujours au bien d'autrui ses actions, même les plus communes, elle ne mangeait pas un fruit à la campagne qu'elle n'en mît en terre les noyaux et les pépins. « Il viendra, disait-elle, des arbres qui donneront leurs fruits à quelque voyageur, ou au moins à un oiseau. » Un jour donc qu'elle avait mangé une papaye au pied de ce rocher, elle y planta des semences de ce fruit. Bientôt après il y crût plusieurs papayers, parmi lesquels il y en avait un femelle, c'est-à-dire qui porte des fruits. Cet arbre n'était pas si haut que le genou de Virginie à son départ; mais, comme il croît vite, deux ans après il avait vingt pieds de hauteur, et son tronc était entouré, dans sa partie supérieure, de plusieurs rangs de fruits mûrs. Paul s'étant rendu par hasard dans ce lieu, fut saisi d'étonnement en voyant ce grand arbre sorti d'une petite graine qu'il avait vu planter. Les objets

7

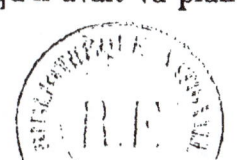

que nous voyons habituellement ne nous font pas
apercevoir de la rapidité de notre vie; ils vieillissent
avec nous d'une vieillesse insensible; mais ce sont
ceux que nous revoyons tout à coup, après les avoir
perdus quelques années de vue, qui nous avertissent
de la vitesse avec laquelle s'écoule le fleuve de nos
jours. Paul fut aussi surpris à la vue de ce grand papayer chargé de fruits qu'un voyageur l'est, après une
longue absence de son pays, de n'y plus retrouver
ses contemporains, et d'y voir leurs enfants, qu'il
avait laissés à la mamellle, devenus eux-mêmes pères
de famille. Paul se rendait souvent au pied de ce
papayer pour y méditer sur la rapidité des choses
humaines. Un jour je l'y trouvai accablé de mélancolie, et j'eus avec lui une conversation que je vais
vous rapporter, si je ne vous suis point trop ennuyeux
par mes longues digressions, pardonnables à mon âge
et à mes dernières amitiés. Je vous la raconterai en
forme de dialogue, afin que vous jugiez du bon sens
naturel de ce jeune homme; et il vous sera aisé de
faire la différence des interlocuteurs, par le sens de
ses questions et de mes réponses.

Il me dit:

« Je suis bien chagrin. Ma sœur Virginie est partie
depuis deux ans et deux mois, et depuis huit mois
et demi elle ne nous a pas donné de ses nouvelles.
Elle est riche, je suis pauvre; elle m'a oublié. J'ai
envie de m'embarquer: j'irai en France; j'y servirai
le roi, je ferai fortune, et la grand'tante de Mlle de

la Tour me permettra de la ramener au sein de sa famille.

LE VIEILLARD

O mon ami! ne m'avez-vous pas dit que vous n'avez pas de naissance?

PAUL

Ma mère me l'a dit; car, pour moi, je ne sais ce que c'est que la naissance. Je ne me suis jamais aperçu que j'en eusse moins qu'un autre, ni que les autres en eussent plus que moi.

LE VIEILLARD

Le défaut de naissance vous ferme en France le chemin aux grands emplois. Il y a plus : vous ne pouvez même être admis dans aucun corps distingué.

PAUL

Vous m'avez dit plusieurs fois qu'une des causes de la grandeur de la France était que le moindre sujet pouvait y parvenir à tout, et vous m'avez cité beaucoup d'hommes célèbres qui, sortis de petits états, avaient fait honneur à leur patrie. Vous vouliez donc tromper mon courage?

LE VIEILLARD

Mon fils, jamais je ne l'abattrai. Je vous ai dit la

vérité sur les temps passés; mais les choses sont bien changées à présent; tout est devenu vénal en France; tout y est aujourd'hui le patrimoine d'un petit nombre de familles, ou le partage des corps. Le roi est un soleil que les grands et les corps environnent comme des nuages; il est presque impossible qu'un de ses rayons tombe sur vous. Autrefois, dans une administration moins compliquée, on vu ces phénomènes. Alors les talents et le mérite se sont développés de toutes parts, comme des terres nouvelles qui, venant à être défrichées, produisent avec tout leur suc. Mais les grands rois qui savent connaître les hommes et les choisir sont rares. Le vulgaire des rois ne se laisse aller qu'aux impulsions des grands et des corps qui les environnent.

PAUL

Mais je trouverai peut-être un de ces grands qui me protégera.

LE VIEILLARD

Pour être protégé des grands, il faut servir leur ambition ou leurs plaisirs. Vous n'y réussiriez jamais; car vous êtes sans naissance, et vous avez de la probité.

PAUL

Mais je ferai des actions si courageuses, je serai si fidèle à ma parole, si exact dans mes devoirs, si zélé, si constant dans mon amitié, que je mériterai d'être adopté par quelqu'un d'eux, comme j'ai vu que cela se pratiquait dans les histoires anciennes que vous m'avez fait lire.

LE VIEILLARD

O mon ami! chez les Grecs et chez les Romains, même dans leur décadence, les grands avaient du respect pour la vertu; mais nous avons eu une foule d'hommes célèbres en tous genres sortis des classes du peuple, et je n'en sache pas un seul qui ait été adopté par une grande maison. La vertu, sans nos rois, serait condamnée en France à être entièrement plébéienne. Comme je vous l'ai dit, ils la mettent quelquefois en honneur lorsqu'ils l'aperçoivent; mais aujourd'hui les distinctions qui lui étaient réservées ne s'accordent plus que pour de l'argent.

PAUL

Au défaut d'un grand, je chercherai à plaire à un corps. J'épouserai entièrement son esprit et ses opinions; je m'en ferai aimer.

LE VIEILLARD

Vous ferez donc comme les autres hommes, vous renoncerez à votre conscience pour parvenir à la fortune.

PAUL

Oh! non, je ne chercherai jamais que la vérité.

LE VIEILLARD

Au lieu de vous faire aimer, vous pourriez bien vous faire haïr. D'ailleurs les corps s'intéressent fort peu à la découverte de la vérité. Toute opinion est indifférente aux ambitieux, pourvu qu'ils gouvernent.

PAUL

Que je suis infortuné! tout me repousse. Je suis condamné à passer ma vie dans un travail obscur; je ne pourrai donc jamais rejoindre ma sœur?

Et il soupira profondément.

LE VIEILLARD

Que Dieu soit votre unique patron, et le genre humain votre corps! Soyez constamment attaché à l'un et à l'autre. Les familles, les corps, les peuples, les rois ont leurs préjugés et leurs passions; il faut souvent les servir par des vices : Dieu et le genre humain ne nous demandent que des vertus.

Mais pourquoi voulez-vous être distingué du reste des hommes? C'est un sentiment qui n'est pas naturel, puisque, si chacun l'avait, chacun serait en état de guerre avec son voisin. Contentez-vous de remplir votre devoir dans l'état où la Providence vous a mis; bénissez votre sort, qui vous permet d'avoir une conscience à vous, et qui ne vous oblige pas, comme les grands, de mettre votre bonheur dans l'opinion

des petits, et, comme les petits, de ramper sous les
grands pour avoir de quoi vivre. Vous êtes dans un
pays et dans une condition où, pour subsister, vous
n'avez besoin ni de tromper, ni de flatter, ni de vous
avilir, comme font la plupart de ceux qui cherchent
la fortune en Europe; où votre état ne vous interdit aucune vertu; où vous pouvez être impunément
bon, vrai, sincère, instruit, patient, tempérant,
chaste, indulgent, pieux, sans qu'aucun ridicule
vienne flétrir votre sagesse, qui n'est encore qu'en
fleur. Le Ciel vous a donné de la liberté, de la
santé, une bonne conscience et des amis; les rois
dont vous ambitionnez la faveur ne sont pas si
heureux.

PAUL

Avec l'étude et des livres on devient savant et célèbre : je m'en vais étudier. J'acquerrai de la science,
je servirai utilement ma patrie par mes lumières,
sans nuire à personne et sans en dépendre; je de-
viendrai fameux, et ma gloire n'appartiendra qu'à
moi.

LE VIEILLARD

Mon fils, les talents sont encore plus rares que la
naissance et que les richesses; et sans doute ils sont
de plus grands biens, puisque rien ne peut les ôter,
et que partout ils nous concilient l'estime publique;
mais ils coûtent cher. On ne les acquiert que par des

privations en tout genre, par une sensibilité exquise, qui nous rend malheureux au dedans et au dehors, par les persécutions de nos contemporains. L'homme de robe n'envie point en France la gloire du militaire, ni le militaire celle de l'homme de mer; mais tout le monde y traversera votre chemin, parce que tout le monde s'y pique d'avoir de l'esprit. Vous servirez les hommes, dites-vous? Mais celui qui fait produire à un terrain une gerbe de blé de plus leur rend un plus grand service que celui qui leur donne un livre.

PAUL

Oh! celle qui a planté ce papayer a fait aux habitants de ces forêts un présent plus utile et plus doux que si elle leur avait donné une bibliothèque.

LE VIEILLARD

Mon fils, personne ne peut se flatter d'être utile aux hommes par un livre. Rappelez-vous quel a été le sort de la plupart des philosophes qui leur ont prêché la sagesse. Homère, qui l'a revêtue de vers si beaux, demandait l'aumône pendant sa vie. Socrate, qui donna aux Athéniens de si aimables leçons par ses discours et par ses mœurs, fut empoisonné juridiquement par eux. Son sublime disciple Platon fut livré à l'esclavage par l'ordre du prince même qui le protégeait; et, avant eux, Pythagore, qui étendait l'humanité jusqu'aux animaux, fut brûlé

vif par les Crotoniates. Que dis-je? la plupart même
de ces noms illustres sont venus à nous défigurés
par quelques traits de satire qui les caractérisent,
l'ingratitude humaine se plaisant à les reconnaître
là; et si, dans la foule, la gloire de quelques-uns est
venue nette et pure jusqu'à nous, c'est que ceux qui
les ont portés ont vécu loin de la société de leurs
contemporains : semblables à ces statues qu'on tire
entières des champs de la Grèce et de l'Italie, et qui,
pour avoir été ensevelies dans le sein de la terre, ont
échappé à la fureur des barbares.

Vous voyez donc que pour acquérir la gloire ora-
geuses des lettres, il faut bien de la vertu et être prêt
à sacrifier sa propre vie. D'ailleurs, croyez-vous que
cette gloire intéresse en France les gens riches? Ils
se soucient bien des gens de lettres, auxquels la
science ne rapporte ni dignités dans la patrie, ni
gouvernements, ni entrée à la cour. On persécute
peu dans ce siècle indifférent à tout, hors à la fortune et aux voluptés; mais les lumières et la vertu n'y
mènent à rien de distingué, parce que tout est, dans
l'État, le prix de l'argent. Autrefois elles trouvaient
des récompenses assurées dans les différentes places
de la magistrature et de l'administration; aujour-
d'hui elles ne servent qu'à faire des livres. Mais ce
fruit, peu prisé des gens du monde, est toujours
digne de son origine céleste. C'est à ces mêmes
livres qu'il est réservé particulièrement de donner
de l'éclat à la vertu obscure, de consoler les mal-

heureux, d'éclairer les nations et de dire la vérité même aux rois. C'est, sans contredit, la fonction la plus auguste dont le Ciel puisse honorer un mortel sur la terre. Quel est l'homme qui ne se console de l'injustice et du mépris de ceux qui disposent de la fortune, lorsqu'il pense que son ouvrage ira, de siècle en siècle et de nation en nation, servir de barrière à l'erreur, et que, du sein de l'obscurité où il a vécu, il jaillira une gloire qui effacera celle de la plupart des rois, dont les monuments périssent dans l'oubli, malgré les flatteurs qui les élèvent et qui les vantent?

PAUL

Je voudrais être savant, au moins pour connaître l'avenir.

LE VIEILLARD

Qui voudrait vivre, mon fils, s'il connaissait l'avenir? Un seul malheur prévu nous donne tant de vaines inquiétudes! la vue d'un malheur certain empoisonnerait tous les jours qui le précéderaient. Il ne faut pas même trop approfondir ce qui nous environne; et le Ciel, qui nous donne la réflexion pour prévoir nos besoins, nous a donné les besoins pour mettre des bornes à notre réflexion.

PAUL

Avec de l'argent, dites-vous, on acquiert en Europe des dignités et des honneurs. J'irai m'enrichir au Bengale, pour aller chercher ma sœur à Paris. Je vais m'embarquer.

LE VIEILLARD

Quoi! vous quitterez sa mère et la vôtre?

PAUL

Vous m'avez vous-même donné le conseil de passer aux Indes.

LE VIEILLARD

Virginie était alors ici. Mais vous êtes maintenant l'unique soutien de votre mère et de la sienne.

PAUL

Virginie leur fera du bien par sa riche parente.

LE VIEILLARD

Les riches n'en font guère qu'à ceux qui leur font honneur dans le monde. Ils ont des parents bien plus à plaindre que Mme de la Tour, qui, faute d'être secourus par eux, sacrifient leur liberté pour avoir du pain, et passent leur vie dans l'infortune.

PAUL

Quel pays que l'Europe! Oh! il faut que Virginie revienne ici. Qu'a-t-elle besoin d'avoir une parente aussi riche? Elle était contente sous ces cabanes!

Reviens, Virginie, quitte tes hôtels et tes grandeurs. Reviens dans ces rochers, à l'ombre de ces bois et de nos cocotiers. Hélas! tu es peut-être maintenant malheureuse! » Et il se mettait à pleurer.

Un matin, au point du jour (c'était le 24 décembre 1745), Paul, en se levant, aperçut un pavillon blanc arboré sur la montagne de la Découverte. Ce pavillon était le signalement d'un vaisseau qu'on voyait en mer. Paul courut à la ville pour savoir s'il n'apportait pas des nouvelles de Virginie. Il y resta jusqu'au retour du pilote du port, qui s'était embarqué pour aller le reconnaître, suivant l'usage. Cet homme ne revint que le soir. Il rapporta au gouverneur que le vaisseau signalé était le *Saint-Géran*, du port de sept cents tonneaux, commandé par un capitaine nommé M. Aubin; qu'il était à quatre lieues au large, et qu'il ne mouillerait au Port-Louis que le lendemain, dans l'après-midi, si le vent était favorable. Il n'en faisait point du tout alors. Le pilote remit au gouverneur les lettres que ce vaisseau apportait de France. Il y en avait une pour Mme de la Tour, de l'écriture de Virginie. Paul s'en saisit aussitôt et courut à l'habitation. Du plus loin qu'il aperçut la famille, qui attendait son retour sur le rocher des Adieux, il éleva la lettre en l'air sans pouvoir parler; et aussitôt tout le monde se rassembla chez Mme de la Tour pour en entendre

la lecture. Virginie mandait à sa mère qu'elle avait
éprouvé beaucoup de mauvais procédés de la part
de sa grand'tante, qui l'avait voulu marier malgré
elle, ensuite déshéritée, et enfin envoyée dans
un temps qui ne lui permettait d'arriver à l'île de
France que dans la saison des ouragans; qu'elle
avait essayé en vain de la fléchir, en lui représentant ce qu'elle devait à sa mère et aux habitudes
du premier âge; qu'elle en avait été traitée de fille
insensée, dont la tête était gâtée par les romans;
qu'elle n'était maintenant sensible qu'au bonheur
de revoir et d'embrasser sa chère famille, et qu'elle
eût satisfait cet ardent désir dès le jour même, si le
capitaine lui eût permis de s'embarquer dans la
chaloupe du pilote; mais qu'il s'était opposé à son
départ à cause de l'éloignement de la terre, et d'une
grosse mer qui régnait au large, malgré le calme des
vents.

A peine cette lettre fut lue, que toute la famille,
transportée de joie, s'éria : « Virginie est arrivée! »
Maîtres et serviteurs, tous s'embrassèrent. Mme de
la Tour dit à Paul : « Mon fils, allez prévenir notre
voisin de l'arrivée de Virginie. » Aussitôt Domingue
alluma un flambeau de bois de ronde, et Paul et lui
s'acheminèrent vers mon habitation.

Il pouvait être dix heures du soir; je venais d'é-
teindre ma lampe et de me coucher, lorsque j'aperçus à travers les palissades de ma cabane une lumière
dans les bois. Bientôt après j'entendis la voix de

Paul qui m'appelait. Je me lève, et à peine j'étais
habillé, que Paul, hors de lui et tout essoufflé, me
saute au cou en me disant : « Allons, allons, Virginie est arrivée. Allons au port, le vaisseau y mouillera
au point du jour. »

Sur-le-champ nous nous mettons en route. Comme
nous traversions les bois de la Montagne-Longue,
et que nous étions déjà sur le chemin qui mène des
Pamplemousses au port, j'entendis quelqu'un marcher derrière nous. C'était un noir qui s'avançait à
grands pas. Dès qu'il nous eut atteints, je lui demandai d'où il venait et où il allait en si grande
hâte. Il me répondit : « Je viens du quartier de l'île
appelé la Poudre-d'Or : on m'envoie au Port avertir
le gouverneur qu'un vaisseau de France est mouillé
sous l'île d'Ambre. Il tire du canon pour demander
du secours; car la mer est bien mauvaise. » Cet
homme, ayant ainsi parlé, continua sa route sans
s'arrêter davantage.

Je dis alors à Paul : « Allons vers le quartier de
la Poudre-d'Or, au-devant de Virginie; il n'y a que
trois lieues d'ici. » Nous nous mîmes donc en route
vers le nord de l'île. Il faisait une chaleur étouffante.
La lune était levée; on voyait autour d'elle trois
grands cercles noirs. Le ciel était d'une obscurité
affreuse. On distinguait, à la lueur fréquente des
éclairs, de longues files de nuages épais, sombres,
peu élevés, qui s'entassaient vers le milieu de l'île,
et venaient de la mer avec une grande vitesse, quoi-

qu'on ne sentît pas le moindre vent à terre. Chemin faisant nous crûmes entendre rouler le tonnerre; mais, ayant prêté l'oreille attentivement, nous reconnûmes que c'étaient des coups de canon répétés par les échos. Ces coups de canon lointains, joints à l'aspect d'un ciel orageux, me firent frémir. Je ne pouvais douter qu'ils ne fussent les signaux de détresse d'un vaisseau en perdition. Une demi-heure après, nous n'entendîmes plus tirer du tout, et ce silence me parut encore plus effrayant que le bruit lugubre qui l'avait précédé.

Nous nous hâtions d'avancer sans dire un mot, et sans oser nous communiquer nos inquiétudes. Vers minuit nous arrivâmes tout en nage sur le bord de la mer, au quartier de la Poudre-d'Or. Les flots s'y brisaient avec un bruit épouvantable; ils en couvraient les rochers et les grèves d'écume d'un blanc éblouissant et d'étincelles de feu. Malgré les ténèbres, nous distinguâmes à ces lueurs phosphoriques les pirogues des pêcheurs, qu'on avait tirées bien avant sur le sable.

A quelque distance de là nous vîmes, à l'entrée du bois, un feu autour duquel plusieurs habitants s'étaient assemblés. Nous fûmes nous y reposer en attendant le jour. Pendant que nous étions assis auprès de ce feu, un des habitants nous raconta que dans l'après-midi il avait vu un vaisseau en pleine mer porté sur l'île par des courants; que la nuit l'avait dérobé à sa vue; que deux heures après le

coucher du soleil il avait entendu tirer le canon
pour appeler du secours; mais que la mer était
si mauvaise, qu'on n'avait pu mettre aucun bateau
dehors pour aller à lui; que bientôt après il avait
cru apercevoir ses fanaux allumés, et que dans
ce cas il craignait que le vaisseau, venu si près
du rivage, n'eût passé entre la terre et la petite
île d'Ambre, prenant celle-ci pour le coin de Miré,
près duquel passent les vaisseaux qui arrivent au
Port-Louis; que si cela était, ce qu'il ne pouvait
toutefois affirmer, ce vaisseau était dans le plus
grand péril. Un autre habitant prit la parole, et
nous dit qu'il avait traversé plusieurs fois le canal
qui sépare l'île d'Ambre de la côte, qu'il l'avait
sondé, que la tenure et le mouillage en étaient très
bons, et que le vaisseau y était en parfaite sûreté,
comme dans le meilleur port. « J'y mettrais toute
ma fortune, ajouta-t-il, et j'y dormirais tout aussi
tranquille qu'à terre. » Un troisième habitant dit
qu'il était impossible que ce vaisseau pût entrer
dans le canal, où à peine les chaloupes pouvaient
naviguer. Il assura qu'il l'avait vu mouiller au delà
de l'île d'Ambre, en sorte que, si le vent venait à
s'élever au matin, il serait le maître de pousser au
large ou de gagner le port. D'autres habitants ouvrirent d'autres opinions. Pendant qu'ils contes-
taient entre eux, suivant la coutume des créoles
oisifs, Paul et moi nous gardions un profond silence. Nous restâmes là jusqu'au petit point du

jour; mais il faisait trop peu de clarté au ciel pour qu'on pût distinguer aucun objet sur la mer, qui d'ailleurs était couverte de brume : nous n'entrevîmes au large qu'un nuage sombre, qu'on nous dit être l'île d'Ambre, située à un quart de lieue de la côte. On n'apercevait dans ce séjour ténébreux que la pointe du rivage où nous étions et quelques pitons de montagnes de l'intérieur de l'île, qui apparaissaient de temps en temps au milieu des nuages qui circulaient autour.

Vers les sept heures du matin nous entendîmes dans les bois un bruit de tambours : c'était le gouverneur, M. de la Bourdonnaye, qui arrivait à cheval suivi d'un détachement de soldats armés de fusils et d'un grand nombre d'habitants et de noirs. Il plaça ses soldats sur le rivage, et leur ordonna de faire feu de leurs armes tous à la fois. A peine leur décharge fut faite, que nous aperçûmes sur la mer une lueur, suivie presque aussitôt d'un coup de canon. Nous jugeâmes que le vaisseau était à peu de distance de nous, et nous courûmes tous du côté où nous avions vu son signal. Nous aperçûmes alors, à travers le brouillard, le corps et les vergues d'un grand vaisseau. Nous en étions si près que, malgré le bruit des flots nous entendions le sifflet du maître qui commandait la manœuvre, et les cris des matelots, qui crièrent trois fois : *Vive le roi!* car c'est le cri des Français dans les dangers extrêmes, ainsi que dans les grandes joies : comme si, dans les dan-

8

gers, ils appelaient leur prince à leur secours, ou comme s'ils voulaient témoigner alors qu'ils sont prêts à mourir pour lui.

Depuis le moment où le *Saint-Géran* aperçut que nous étions à portée de le secourir, il ne cessa de tirer le canon de trois minutes en trois minutes. M. de la Bourdonnaye fit allumer de grands feux de distance en distance sur la grève, et envoya chez tous les habitants du voisinage, chercher des vivres, des planches, des câbles et des tonneaux vides. On en vit arriver bientôt une foule, accompagnés de leurs noirs chargés de provisions et d'agrès, qui venaient des habitations de la Poudre-d'Or, du quartier de Flaque et de la rivière du Rempart. Un des plus anciens de ces habitants s'approcha du gouverneur et lui dit : « Monsieur, on a entendu toute la nuit des bruits sourds dans la montagne. Dans les bois, les feuilles des arbres remuent sans qu'il fasse du vent, les oiseaux de marine se réfugient à terre : certainement tous ces signes annoncent un ouragan. — Eh bien! mes amis, répondit le gouverneur, nous y sommes préparés, et sûrement le vaisseau l'est aussi. »

En effet, tout présageait l'arrivée prochaine d'un ouragan. Les nuages qu'on distinguait au zénith étaient, à leur centre, d'un noir affreux et cuivrés sur leurs bords. L'air retentissait des cris des frégates, des coupeurs d'eau et d'une multitude d'oiseaux de marine, qui, malgré l'obscurité de l'atmo-

sphère, venaient de tous les points de l'horizon
chercher des retraites dans l'île.

Vers les neuf heures du matin, on entendit du
côté de la mer des bruits épouvantables, comme si
des torrents d'eau mêlés à des tonnerres eussent
roulé du haut des montagnes. Tout le monde s'é-
cria : « Voilà l'ouragan ! » Et dans l'instant un tourbillon affreux de vent enleva la brume qui couvrait
l'île d'Ambre et son canal. Le *Saint-Géran* parut
alors à découvert, avec son pont chargé de monde,
ses vergues et ses mâts de hune amenés sur le tillac,
son pavillon en berne, quatre câbles sur son avant,
et un de retenue sur son arrière. Il était mouillé
entre l'île d'Ambre et la terre, en deçà de la ceinture des récifs qui entoure l'île de France, et qu'il
avait franchie par un endroit où jamais vaisseau
n'avait passé avant lui. Il présentait son avant aux
flots qui venaient de la pleine mer, et, à chaque
lame d'eau qui s'engageait dans le canal, sa proue
s'enlevait tout entière, de sorte qu'on en voyait la
carène en l'air; mais, dans ce mouvement, sa poupe
venant à plonger disparaissait à la vue jusqu'au
couronnement, comme si elle eût été submergée.
Dans cette position, où le vent et la mer le jetaient
à terre, il lui était également impossible de s'en
aller par où il était venu, ou, en coupant ses câbles,
d'échouer sur le rivage, dont il était séparé par des
hauts-fonds semés de récifs. Chaque lame qui venait
se briser sur la côte s'avançait en mugissant jusqu'au

fond des anses, et y jetait des galets à plus de cinquante pieds dans les terres; puis, venant à se
retirer, elle découvrait une grande partie du lit du
rivage, dont elle roulait les cailloux avec un bruit
rauque et affreux. La mer, soulevée par le vent,
grossissait à chaque instant, et tout le canal compris
entre cette île et l'île d'Ambre n'était qu'une vaste
nappe d'écumes blanches, creusées de vagues noires
et profondes. Ces écumes s'amassaient dans le fond
des anses à plus de six pieds de hauteur, et le vent
qui en balayait la surface les portait, par-dessus
l'escarpement du rivage, à plus d'une lieue dans les
terres. A leurs flocons blancs et innombrables, qui
étaient chassés horizontalement jusqu'au pied des
montagnes, on eût dit d'une neige qui sortait de la
mer. L'horizon offrait tous les signes d'une longue
tempête; la mer y paraissait confondue avec le ciel.
Il s'en détachait sans cesse des nuages d'une forme
horrible, qui traversaient le zénith avec la vitesse
des oiseaux, tandis que d'autres y paraissaient immobiles comme de grands rochers. On n'apercevait
aucune partie azurée du firmament; une lueur olivâtre et blafarde éclairait seule tous les objets de la
terre, de la mer et des cieux.

Dans les balancements du vaisseau, ce qu'on craignait arriva : les câbles de son avant rompirent; et,
comme il n'était plus retenu que par une seule an-
sière, il fut jeté sur les rochers à une demi-enca-
blure du rivage. Ce ne fut qu'un cri de douleur

parmi nous. Paul allait s'élancer à la mer, lorsque
je le saisis par le bras. « Mon fils, lui dis-je, vous
voulez périr? — Que j'aille au secours de ma sœur,
s'écria-t-il, ou que je meure! »

Comme le désespoir lui ôtait la raison, Domingue
et moi nous lui attachâmes à la ceinture une longue
corde dont nous saisîmes l'une des extrémités. Paul
alors s'avança vers le *Saint-Géran*, tantôt nageant,
tantôt marchant sur les récifs. Quelquefois il avait
l'espoir de l'aborder; car la mer, dans ses mouvements irréguliers, laissait le vaisseau presque à sec,
de manière qu'on en eût pu faire le tour à pied; mais
bientôt après, revenant sur ses pas avec une nouvelle
furie, elle le couvrait d'énormes voûtes d'eau qui
soulevaient tout l'avant de sa carène, et rejetaient bien
loin sur le rivage le malheureux Paul, les jambes en
sang, la poitrine meurtrie, et à demi noyé. A peine
ce jeune homme avait-il repris l'usage de ses sens,
qu'il se relevait et retournait avec une nouvelle
ardeur vers le vaisseau, que la mer, cependant,
entr'ouvrait par d'horribles secousses. Tout l'équi-
page, désespérant de son salut, se précipitait en
foule à la mer, sur des vergues, des planches, des
cages à poules, des tables et des tonneaux. On vit
alors un objet digne d'une éternelle pitié; une jeune
demoiselle parut dans la galerie de la poupe du
Saint-Géran, tendant les bras vers celui qui faisait
tant d'efforts pour la rejoindre. C'était Virginie. Elle
nous avait reconnus sur le rivage. La vue de cette

aimable personne, exposée à un si terrible danger,
nous remplit de douleur et de désespoir. Pour Virginie, d'un port noble et assuré, elle nous faisait
signe de la main, comme nous disant un éternel
adieu. Dans ce moment, une montagne d'eau d'une
effroyable grandeur s'engouffra entre l'île d'Ambre
et la côte, et s'avança en rugissant vers le vaisseau,
qu'elle menaçait de ses flancs noirs et de ses sommets écumants. A cette terrible vue, Virginie, voyant
la mort inévitable, posa la main sur son cœur, et,
levant en haut des yeux sereins, parut un ange qui
prend son vol vers les cieux.

O jour affreux! hélas! tout fut englouti. La lame
jeta bien avant dans les terres une partie des spectateurs, qu'un mouvement d'humanité avait portés
à s'avancer vers Virginie. Je fis conduire Paul dans
une maison voisine, tandis qu'accompagné du vieux
Domingue, je cherchai le long du rivage si la mer
n'y apporterait point le corps de Virginie; mais, le
vent ayant tourné subitement, comme il arrive dans
les ouragans, nous eûmes le chagrin de penser que
nous ne pourrions pas même rendre à cette fille
infortunée les devoirs de la sépulture. Nous nous
éloignâmes de ce lieu, accablés de consternation,
tous l'esprit frappé d'une seule perte dans un naufrage où un grand nombre de personnes avaient
péri.

Pour moi, je m'en revins avec Domingue, afin de
préparer la mère de Virginie et son amie à ce désas-

treux événement. Quand nous fûmes à l'entrée du
vallon de la rivière des Lataniers, des noirs nous
dirent que la mer jetait beaucoup de débris du
vaisseau dans la baie vis-à-vis. Nous y descendîmes,
et l'un des premiers objets que j'aperçus sur le
rivage fut le corps de Virginie. Elle était à moitié
couverte de sable, dans l'attitude où nous l'avions
vue périr. Ses traits n'étaient point sensiblement
altérés ; ses yeux étaient fermés, mais la sérénité
était encore sur son front. A cette vue je pleurai
amèrement ; pour Domingue, il se frappait la poitrine et perçait l'air de ses cris douloureux. Nous
portâmes le corps de Virginie dans une cabane de
pêcheurs, où nous le donnâmes à garder à de
pauvres femmes malabares qui prirent le soin de le
laver.

Pendant qu'elles s'occupaient à ce triste office,
nous montâmes en tremblant à l'habitation. Nous
y trouvâmes Mme de la Tour et Marguerite en prière,
en attendant des nouvelles du vaisseau. Dès que
Mme de la Tour m'aperçut, elle s'écria : « Où est ma
fille, ma chère fille, mon enfant ? » Ne pouvant douter de son malheur à mon silence et à mes larmes,
elle fut saisie tout à coup d'étouffements et d'angoisses douloureuses ; sa voix ne faisait plus entendre
que des soupirs et des sanglots. Pour Marguerite,
elle s'écria : « Où est mon fils ? je ne vois point mon
fils ! » Et elle s'évanouit. Nous courûmes à elle, et,
l'ayant fait revenir, je l'assurai que Paul était vivant,

et qu'elle le verrait bientôt. Elle ne reprit ses sens
que pour s'occuper de son amie, qui tombait de
temps en temps dans de longs évanouissements.
Mme de la Tour passa toute la nuit dans ces cruelles
souffrances, et par leurs longues périodes j'ai jugé
qu'aucune douleur n'était égale à la douleur maternelle. Quand elle recouvrait la connaissance, elle
tournait des regards fixes et mornes vers le ciel. En
vain son amie et moi nous lui pressions les mains dans
les nôtres, en vain nous l'appelions par les noms les
plus tendres, elle paraissait insensible à ces témoi-
gnages de notre ancienne affection, et il ne sortait de
sa poitrine oppressée que de sourds gémissements.

A peine Mme de la Tour avait repris l'usage de ses
sens, que Paul arriva suivi de quelques habitants du
village, et plongé dans la plus vive douleur. Son
entrevue avec sa mère et Mme de la Tour, que j'avais
d'abord redoutée, produisit un meilleur effet que je
n'osais espérer. Un rayon de consolation parut sur
le visage de ces deux malheureuses mères. Elles se
mirent l'une et l'autre auprès de lui, le saisirent
dans leurs bras, le baisèrent; et leurs larmes, qui
avaient été suspendues jusqu'alors par l'excès de
leur chagrin, commencèrent à couler. Paul y mêla
bientôt les siennes. La nature s'étant ainsi soulagée
dans ces trois infortunés, un long assoupissement
succéda à l'état convulsif de leur douleur et leur
procura un repos léthargique semblable, à la vérité,
à celui de la mort.

Virginie était à moitié couverte de sable, dans l'attitude
où nous l'avions vue périr.

M. de la Bourdonnaye m'envoya avertir secrètement que le corps de Virginie avait été apporté à la
ville par son ordre, et que de là on allait le transférer à l'église des Pamplemousses. Je descendis
aussitôt au Port-Louis, où je trouvai les habitants de
tous les quartiers rassemblés pour assister à ses
funérailles, comme si l'île eût perdu en elle ce
qu'elle avait de plus cher. Dans le port, les vaisseaux avaient leurs vergues croisées, leurs pavillons
en berne, et tiraient du canon par de longs inter-
valles. Des grenadiers ouvraient là marche du con-
voi ; ils portaient leurs fusils baissés. Leurs tambours, couverts de longs crêpes, ne faisaient entendre
que des sons lugubres, et on voyait l'abattement
peint dans les traits de ces guerriers qui avaient
tant de fois affronté la mort dans les combats sans
changer de visage. Huit jeunes demoiselles des plus
considérables de l'île, vêtues de blanc et tenant des
palmes à la main, portaient le corps de leur vertueuse compagne, couvert de fleurs. Un chœur de
petits enfants le suivaient en chantant des hymnes ;
après eux venait tout ce que l'île avait de plus distingué dans ses habitants et dans son état-major, à
la suite duquel marchait le gouverneur, suivi de la
foule du peuple.

Voilà ce que l'administration avait ordonné pour
rendre quelques honneurs à la vertu de Virginie.
Mais quand son corps fut arrivé au pied de cette
montagne, à la vue de ces mêmes cabanes dont elle

avait fait si longtemps le bonheur, et que sa mort remplissait maintenant de désespoir, toute la pompe fut dérangée : les hymnes et les chants cessèrent; on n'entendit plus dans la plaine que des soupirs et des sanglots. On vit accourir alors des troupes de jeunes filles des habitations voisines, pour faire toucher au cercueil de Virginie des mouchoirs, des chapelets et des couronnes de fleurs, en l'invoquant comme une sainte. Les mères demandaient à Dieu une fille comme elle, les pauvres une amie aussi tendre, les esclaves une maîtresse aussi bonne.

Lorsqu'elle fut arrivée au lieu de la sépulture, des négresses de Madagascar et des Cafres de Mozambique déposèrent autour d'elle des paniers de fruits, et suspendirent des pièces d'étoffes aux arbres voisins, suivant l'usage de leurs pays ; les Indiennes du Bengale et de la côte malabare apportèrent des cages pleines d'oiseaux, auxquels elles donnèrent la liberté sur son corps : tant la perte d'un objet aimable intéresse toutes les nations ! et tant est grand le pouvoir de la vertu malheureuse, puisqu'elle réunit tous les cœurs compatissants autour de son tombeau.

Il fallut mettre des gardes auprès de sa fosse, et en écarter quelques filles de pauvres habitants, qui voulaient s'y jeter à toute force, disant qu'elles n'avaient plus de consolation à espérer dans ce monde, et qu'il ne leur restait qu'à mourir avec celle qui était leur unique bienfaitrice.

On l'enterra près de l'église des Pamplemousses, sur son côté occidental, au pied d'une touffe de bambous où, venant à la messe avec sa mère et Marguerite, elle aimait à se reposer assise à côté de celui qu'elle appelait son frère.

Au retour de cette pompe funèbre, M. de la Bourdonnaye monta ici, suivi d'une partie de son nombreux cortège. Il offrit à Mme de la Tour et à son amie tous les secours qui dépendaient de lui. Il s'exprima en peu de mots, mais avec indignation contre sa tante dénaturée; et, s'approchant de Paul, il lui dit tout ce qu'il crut propre à le consoler. « Je désirais, lui dit-il, votre bonheur et celui de votre famille; Dieu m'en est témoin. Mon ami, il faut aller en France, je vous y ferai avoir du service. Dans votre absence, j'aurai soin de votre mère comme de la mienne. » En même temps il lui présenta la main; mais Paul retira la sienne, et détourna la tête pour ne pas le voir.

Pour moi, je restai dans l'habitation de mes amies infortunées, pour leur donner tous les secours dont j'étais capable. Paul semblait anéanti par la douleur. Ses regards étaient éteints; il ne répondait rien à toutes les questions qu'on pouvait lui faire. Le chirurgien du gouverneur, qui avait pris le plus grand soin de lui et de ces dames, nous dit que, pour le tirer de sa noire mélancolie, il fallait lui laisser faire tout ce qu'il lui plairait, sans le contrarier en rien; qu'il n'y avait que ce seul moyen de le guérir.

Je résolus de suivre son conseil. Dès que Paul sentit ses forces un peu rétablies, le premier usage qu'il en fit fut de s'éloigner de l'habitation. Comme je ne le perdais pas de vue, je me mis en marche après lui, et je dis à Domingue de prendre des vivres et de nous accompagner. A mesure que ce jeune homme descendait cette montagne, sa joie et ses forces semblaient renaître. Il prit d'abord le chemin des Pamplemousses; et quand il fut auprès de l'église, dans l'allée des bambous, il s'en fut droit au lieu où il vit de la terre fraîchement remuée ; là il s'agenouilla, et, levant les yeux au ciel, il fit une longue prière. Sa démarche me parut de bon augure pour le retour de sa raison, puisque cette marque de confiance envers Dieu faisait voir que son âme commençait à reprendre ses fonctions naturelles. Domingue et moi, nous nous mîmes à genoux à son exemple, et nous priâmes avec lui. Ensuite il se leva, et prit sa route vers le nord de l'île, sans faire beaucoup d'attention à nous. Comme je savais qu'il ignorait non seulement où l'on avait déposé le corps de Virginie, mais même s'il avait été retiré de la mer, je lui demandai pourquoi il avait été prier Dieu au pied de ces bambous; il me répondit : « Nous y avons été si souvent ! »

Il continua sa route jusqu'à l'entrée de la forêt, où la nuit nous surprit. Là je l'engageai par mon exemple à prendre quelque nourriture, ensuite nous dormîmes sur l'herbe au pied d'un arbre. Le lendemain, je crus qu'il se déterminerait à revenir sur ses pas. En effet, il regarda quelque temps dans la plaine l'église des Pamplemousses avec ses longues avenues de bambous, et il fit quelques mouvements comme pour y retourner; mais il s'enfonça brusquement dans la forêt, en dirigeant toujours sa route vers le nord. Je pénétrai son intention, et je m'efforçai en vain de l'en distraire. Nous arrivâmes, sur le milieu du jour, au quartier de la Poudre-d'Or; il descendit précipitamment au bord de la mer, vis-à-vis du lieu où avait péri le *Saint-Géran*. A la vue de l'île d'Ambre et de son canal, alors uni comme un miroir, il s'écria : « Virginie! ô ma chère Virginie! » Et aussitôt il tomba en défaillance. Domingue et moi nous le portâmes dans l'intérieur de la forêt, où nous le fîmes revenir avec bien de la peine. Dès qu'il eut repris ses sens, il voulut retourner sur les bords de la mer; mais, l'ayant supplié de ne pas renouveler sa douleur et la nôtre par de si cruels ressouvenirs, il prit une autre direction. Enfin, pendant huit jours, il se rendit dans tous les lieux où il s'était trouvé avec la compagne de son enfance. Il parcourut le sentier par où elle avait été demander la grâce de l'esclave de la Rivière-Noire; il revit ensuite les bords de la rivière des Trois-Mamelles, où elle s'assit, ne pouvant plus marcher, et la partie du bois où elle s'était égarée. Tous les lieux qui lui rappelaient les inquiétudes, les jeux, les repas, la bienfaisance de sa tendre sœur; la rivière de la

Montagne-Longue, ma petite maison, la cascade
voisine, le papayer qu'elle avait planté, les pelouses
où elle aimait à courir, les carrefours de la forêt où
elle se plaisait à chanter, firent tour à tour couler
ses larmes, et les mêmes échos qui avaient retenti
tant de fois de leurs cris de joie commune ne répétaient plus maintenant que ces mots douloureux :
« Virginie ! ô ma chère Virginie ! »

Dans cette vie sauvage et vagabonde, ses yeux se
cavèrent, son teint jaunit, et sa santé s'altéra de plus
en plus. Persuadé que le sentiment de nos maux
redouble par le souvenir de nos plaisirs, et que les
passions s'accroissent dans la solitude, je résolus
d'éloigner mon infortuné ami des lieux qui lui rappelaient de si tristes souvenirs, et de le transférer
dans quelque endroit de l'île où il eût beaucoup de
dissipation. Pour cet effet, je le conduisis sur les
hauteurs habitées du quartier Williams, où il n'avait
jamais été. L'agriculture et le commerce répandaient
dans cette partie de l'île beaucoup de mouvement et
de variété. Il y avait des troupes de charpentiers qui
équarrissaient des bois, et d'autres qui les sciaient
en planches ; des voitures allaient et venaient le long
de ces chemins, de grands troupeaux de bœufs et de
veaux y paissaient dans de vastes pâturages, et la
campagne y était parsemée d'habitations. L'élévation
du sol y permettait en plusieurs lieux la culture des
diverses espèces de végétaux de l'Europe. On y voyait
çà et là des moissons de blé dans la plaine, des

tapis de fraisiers dans les éclaircies des bois, et des haies de rosiers le long des routes. La fraîcheur de l'air, en donnant de la tension aux nerfs, y était même favorable à la santé des blancs. De ces hauteurs, situées vers le milieu de l'île et entourées de grands bois, on n'apercevait ni la mer, ni le Port-Louis, ni l'église des Pamplemousses, ni rien qui pût rappeler à Paul le souvenir de Virginie. Les montagnes mêmes, qui présentent différentes branches du côté du Port-Louis, n'offrent plus, du côté des plaines de Williams, qu'un long promontoire en ligne droite et perpendiculaire, d'où s'élèvent plusieurs longues pyramides de rochers où se rassemblent les nuages.

Ce fut donc dans ces plaines que je conduisis Paul. Je le tenais sans cesse en action, marchant avec lui au soleil et à la pluie, de jour et de nuit, l'égarant exprès dans les bois, les défrichés, les champs, afin de distraire son esprit par la fatigue de son corps, et de donner le change à ses réflexions par l'ignorance du lieu où nous étions et du chemin que nous avions perdu. Mais tous les moyens que je tentais pour le distraire étaient inutiles.

Je le ramenai à son habitation. J'y trouvai sa mère et Mme de la Tour dans un état de langueur qui avait encore augmenté. Marguerite était la plus abattue. Les caractères vifs, sur lesquels glissent les peines légères, sont ceux qui résistent le moins aux grands chagrins.

9

Elle me dit : « O mon bon voisin ! il m'a semblé, cette nuit, voir Virginie vêtue de blanc, au milieu de bocages et de jardins délicieux. Elle m'a dit : Je jouis d'un bonheur digne d'envie. Ensuite elle s'est approchée de Paul d'un air riant, et l'a enlevé avec elle. Comme je m'efforçais de retenir mon fils, j'ai senti que je quittais moi-même la terre, et que je le suivais avec un plaisir inexprimable. Alors j'ai voulu dire adieu à mon amie; aussitôt je l'ai vue qui nous suivait avec Marie et Domingue. Mais ce que je trouve encore de plus étrange, c'est que Mme de la Tour a fait, cette nuit même, un songe accompagné des mêmes circonstances. »

Je lui répondis : « Mon amie, je crois que rien n'arrive dans ce monde sans la permission de Dieu. Les songes annoncent quelquefois la vérité. »

Mme de la Tour me fit le récit d'un songe tout à fait semblable qu'elle avait eu cette même nuit. Je n'avais jamais remarqué dans ces deux dames aucun penchant à la superstition; je fus donc frappé de la concordance de leur songe, et je ne doutai pas en moi-même qu'il ne vînt à se réaliser. Cette opinion, que la vérité se présente quelquefois à nous pendant le sommeil, est répandue chez tous les peuples de la terre. Les plus grands hommes de l'antiquité y ont ajouté foi, entre autres Alexandre, César, les Scipion, les deux Caton et Brutus, qui n'étaient pas des esprits faibles. L'Ancien et le Nou-

veau Testament nous fournissent quantité d'exem-
ples de songes qui se sont réalisés. Pour moi, je
n'ai besoin, à cet égard, que de ma propre expérience; et j'ai éprouvé plus d'une fois que les
songes sont des avertissements que nous donne
quelque intelligence qui s'intéresse à nous. Que si
l'on veut combattre ou défendre avec des raison-
nements des choses qui surpassent la lumière de la
raison humaine, c'est ce qui n'est pas possible.
Cependant, si la raison de l'homme n'est qu'une
image de celle de Dieu, puisque l'homme a bien le
pouvoir de faire parvenir ses intentions jusqu'au
bout du monde par des moyens secrets et cachés,
pourquoi l'intelligence qui gouverne l'univers n'en
emploierait-elle pas de semblables pour la même
fin? Un ami console son ami par une lettre qui traverse une multitude de royaumes, circule au milieu des haines des nations, et vient apporter de
la joie et de l'espérance à un seul homme; pourquoi le souverain protecteur de l'innocence ne peut-
il venir, par quelque voix secrète, au secours d'une
âme vertueuse qui ne met sa confiance qu'en lui
seul? A-t-il besoin d'employer quelque signe exté-
rieur pour exécuter sa volonté, lui qui agit sans
cesse dans tous ses ouvrages par un travail intérieur?

Pourquoi douter des songes? La vie, remplie de
tant de projets passagers et vains, est-elle autre
chose qu'un songe?

Quoi qu'il en soit, celui de mes amies infortunées se réalisa bientôt. Paul mourut deux mois
après la mort de Virginie. Marguerite vit venir sa
fin huit jours après celle de son fils, avec une joie
qu'il n'est donné qu'à la vertu d'éprouver. Elle fit
les plus tendres adieux à Mme de la Tour, « dans
l'espérance, lui dit-elle, d'une douce et éternelle
réunion. La mort est le plus grand des biens,
ajouta-t-elle, on doit la désirer. Si la vie est une
punition, on doit en souhaiter la fin ; si c'est une
épreuve, on doit la demander courte. »

Le gouvernement prit soin de Domingue et de
Marie, qui n'étaient plus en état de servir, et qui
ne survécurent pas longtemps à leurs maîtresses.
Pour le pauvre Fidèle, il était mort de langueur, à
peu près dans le même temps que son maître.

J'amenai chez moi Mme de la Tour, qui se soute-
nait au milieu de si grandes pertes avec une grandeur d'âme incroyable. Elle avait consolé Paul et
Marguerite jusqu'au dernier instant, comme si elle
n'avait eu que leur malheur à supporter. Quand elle
ne les vit plus, elle m'en parlait chaque jour comme
d'amis chéris qui étaient dans le voisinage. Cependant elle ne leur survécut que d'un mois. Quant à sa
tante, loin de lui reprocher ses maux, elle priait Dieu
de les lui pardonner, et d'apaiser les troubles affreux
d'esprit où nous apprîmes qu'elle était tombée im-
médiatement après qu'elle eut renvoyé Virginie avec
tant d'inhumanité.

Cette parente dénaturée ne porta pas loin la punition de sa dureté. J'appris, par l'arrivée successive de plusieurs vaisseaux, qu'elle était agitée de vapeurs qui lui rendaient la vie et la mort également insupportables. Tantôt elle se reprochait la fin prématurée de sa petite-nièce, et la perte de sa mère qui s'en était suivie. Tantôt elle s'applaudissait d'avoir repoussé loin d'elle deux malheureuses qui, disait-elle, avaient déshonoré sa maison par la bassesse de leurs inclinations. Quelquefois, se mettant en fureur à la vue de ce grand nombre de misérables dont Paris est rempli : « Que n'envoie-t-on, s'écriait-elle, ces fainéants périr dans nos colonies ? »

Elle ajoutait que les idées d'humanité, de vertu, de religion, adoptées par tous les peuples, n'étaient que des inventions de la politique de leurs princes ; puis, se jetant tout à coup dans une extrémité opposée, elle s'abandonnait à des terreurs superstitieuses, qui la remplissaient de frayeurs mortelles. Souvent son imagination lui représentait des campagnes de feu, des montagnes ardentes, où des spectres hideux erraient en l'appelant à grands cris ; car le Ciel, le juste Ciel, envoie aux âmes cruelles, même en cette vie, des supplices effroyables.

Ainsi elle passa plusieurs années, tour à tour athée et superstitieuse, ayant également en horreur la mort et la vie. Mais ce qui acheva la fin d'une si déplorable existence, fut le sujet même

auquel elle avait sacrifié les sentiments de la nature. Elle eut le chagrin de voir que sa fortune pas-
serait après elle à des parents qu'elle haïssait. Elle
chercha donc à en aliéner la meilleure partie; mais
ceux-ci, profitant des accès de vapeur auxquels elle
était sujette, la firent enfermer comme folle et mettre
ses biens en direction. Ainsi ses richesses mêmes
achevèrent sa perte, et comme elles avaient endurci
le cœur de celle qui les possédait, elles dénaturèrent
de même le cœur de ceux qui les désiraient. Elle
mourut donc, et, ce qui est le comble du malheur,
avec assez d'usage de sa raison pour connaître qu'elle
était dépouillée et méprisée par les mêmes personnes
qu'elle aurait voulu dépouiller.

On a mis auprès de Virginie, au pied des mêmes
roseaux, son ami Paul, et autour d'eux leurs tendres mères et leurs fidèles serviteurs. On n'a point
élevé de marbres sur leurs humbles terres, ni gravé
d'inscriptions à leurs vertus; mais leur mémoire est
restée ineffaçable dans le cœur de ceux qu'ils ont
obligés. Ils n'ont pas besoin de l'éclat qu'ils ont fui
pendant leur vie; mais s'ils s'intéressent encore à
ce qui se passe sur la terre, sans doute ils aiment à
errer sous les toits de chaume qu'habite la vertu
laborieuse, à consoler la pauvreté mécontente de
son sort, à nourrir dans les jeunes cœurs le goût des
biens naturels, l'amour du travail et la crainte des
richesses.

La voix du peuple, qui se tait sur les monuments

élevés à la gloire des rois, a donné à quelques parties de cette île des noms qui éterniseront la perte de Virginie. On voit près de l'île d'Ambre, au milieu des écueils, un lieu appelé la PASSE DU SAINT-GÉRAN, du nom de ce vaisseau qui y périt en la ramenant d'Europe. L'extrémité de cette longue pointe de terre que vous apercevez à trois lieues d'ici, à demi couverte des flots de la mer, que le *Saint-Géran* ne put doubler, la veille de l'ouragan, pour entrer dans le port, s'appelle le CAP MALHEUREUX, et voici devant nous, au bout de ce vallon, la BAIE DU TOMBEAU, où Virginie fut trouvée ensevelie dans le sable, comme si la mer eût voulu rapporter son corps à sa famille, et rendre les derniers devoirs à sa pudeur sur les mêmes rivages qu'elle avait honorés de son innocence.

Jeunes gens si tendrement unis ! mères infortunées ! chère famille ! ces bois qui vous donnaient leurs ombrages, ces fontaines qui coulaient pour vous, ces coteaux où vous reposiez ensemble, déplorent encore votre perte. Nul, depuis vous, n'a osé cultiver cette terre désolée ni relever ces humbles cabanes. Vos chèvres sont devenues sauvages, vos vergers sont détruits, vos oiseaux se sont enfuis, et l'on n'entend plus que les cris des éperviers qui volent en rond au haut de ce bassin de rochers. Pour moi, depuis que je ne vous vois plus, je suis comme un ami qui n'a plus d'amis, comme un père qui a perdu ses enfants, comme un voyageur qui erre sur la terre, où je suis resté seul.

En disant ces mots, ce bon vieillard s'éloigna en versant des larmes; et les miennes avaient coulé plus d'une fois pendant ce funeste récit.

FIN DE PAUL ET VIRGINIE

EXTRAIT

DE

L'ARCADIE

CÉPHAS ET AMASIS CHEZ TIRTÉE L'ARCADIEN
— RÉCIT D'AMASIS

Les deux voyageurs fondaient en larmes. Enfin le plus jeune, prenant la parole, dit à Tirtée : « Quand nous aurions été reçus dans le palais et à la table d'Agamemnon, au moment où, couvert de gloire, il reverra sa fille Iphigénie et son épouse Clytemnestre, qui soupirent depuis si longtemps après son retour, nous n'aurions pu ni voir ni entendre des choses aussi touchantes que celles dont nous sommes spectateurs. O bon berger ! il faut l'avouer, vous avez éprouvé de grands maux ; mais si Céphas, que vous voyez, qui a beaucoup voyagé, voulait vous entretenir de ceux qui accablent les hommes par toute la terre, vous passeriez la nuit

à l'entendre et à bénir votre sort. Que d'inquiétudes vous sont inconnues au milieu de ces retraites
paisibles ! Vous y vivez libre ; la nature fournit à
tous vos besoins ; l'amour paternel vous rend heureux, et une religion douce vous console de toutes
vos peines. »

Céphas, prenant la parole, dit à son jeune ami :
« Mon fils, racontez-nous vos propres malheurs :
Tirtée vous écoutera avec plus d'intérêt qu'il ne
m'écouterait moi-même. Dans l'âge viril, la vertu
est souvent le fruit de la raison ; mais dans la jeunesse, elle est toujours celui du sentiment. »

Tirtée, s'adressant au jeune étranger, lui dit :
« A mon âge, on dort peu. Si vous n'êtes pas trop
pressé de sommeil, j'aurai bien du plaisir à vous
entendre. Je ne suis jamais sorti de mon pays ; mais
j'aime et j'honore les voyageurs. Ils sont sous la
protection de Mercure et de Jupiter. On apprend
toujours quelque chose d'utile avec eux. Pour vous,
il faut que vous ayez éprouvé de grands chagrins
dans votre patrie, pour avoir quitté si jeune vos
parents, avec lesquels il est si doux de vivre et de
mourir.

— Quoiqu'il soit difficile, lui répondit ce jeune
homme, de parler toujours de soi avec sincérité,
vous nous avez fait un si bon accueil, que je vous
raconterai volontiers toutes mes aventures, bonnes
et mauvaises.

Je m'appelle Amasis. Je suis né à Thèbes, en

Égypte, d'un père riche. Il me fit élever par les prêtres du temple d'Osiris. Ils m'enseignèrent toutes les sciences dont l'Égypte s'honore ; la langue sacrée, par laquelle on communique avec les siècles passés, et la langue grecque, qui nous sert à entretenir des relations avec les peuples de l'Europe. Mais ce qui est au-dessus des sciences et des langues, ils m'apprirent à être juste, à dire la vérité, à ne craindre que les dieux, et à préférer à tout la gloire qui s'acquiert par la vertu.

Ce dernier sentiment crût en moi avec l'âge. On ne parlait depuis longtemps en Égypte que de la guerre de Troie. Les noms d'Achille, d'Hector et des autres héros m'empêchaient de dormir. J'aurais acheté un seul jour de leur renommée par le sacrifice de toute ma vie. Je trouvai heureux mon compatriote Memnon, qui avait péri sous les murs de Troie, et pour lequel on construisit à Thèbes un superbe tombeau. Que dis-je ! j'aurais donné volontiers mon corps pour être changé dans la statue d'un héros, pourvu qu'on m'eût exposé sur une colonne à la vénération des peuples.

Je résolus donc de m'arracher aux délices de l'Égypte et aux douceurs de la maison paternelle, pour acquérir une grande réputation. Toutes les fois que je me présentais devant mon père : « Envoyez-moi au siège de Troie, lui disais-je, afin que je me fasse un nom illustre parmi les homms. Vous avez mon frère aîné qui suffit pour assurer votre

postérité. Si vous vous opposez toujours à mes désirs
dans la crainte de me perdre, sachez que si j'échappe
à la guerre, je n'échapperai pas au chagrin. » En
effet, je dépérissais à vue d'œil, je fuyais toute société, et j'étais si solitaire, qu'on m'en avait donné le
surnom de Monéros. Mon père voulut en vain combattre un sentiment qui était le fruit de l'éducation
qu'il m'avait donnée.

Un jour il me présenta à Céphas, en m'exhortant
à suivre ses conseils. Quoique je n'eusse jamais vu
Céphas, une sympathie secrète m'attacha d'abord
à lui. Ce respectable ami ne chercha point à combattre ma passion favorite ; mais, pour l'affaiblir,
il lui fit changer d'objet. « Vous aimez la gloire,
me dit-il ; c'est ce qu'il y a de plus doux dans le
monde, puisque les dieux en font leur partage.
Mais comment comptez-vous l'acquérir au siège de
Troie ? Quel parti prendrez-vous, des Grecs, ou des
Troyens ? La justice est pour la Grèce ; la pitié et le
devoir pour Troie. Vous êtes Asiatique : combat-
trez-vous en faveur de l'Europe contre l'Asie ? Por-
terez-vous les armes contre Priam, ce père et ce roi
infortuné près de succomber avec sa famille et son
empire sous le fer des Grecs ? D'un autre côté, prendrez-vous la défense du ravisseur Pâris et de l'adul-
tère Hélène contre Ménélas, son époux ? Il n'y a
point de véritable gloire sans justice. Mais quand
un homme libre pourrait démêler dans les querelles
des rois le parti le plus juste, croyez-vous que ce

serait à le suivre que consiste la plus grande gloire
qu'on puisse acquérir? Quels que soient les applaudissements que les victorieux reçoivent de leurs
compatriotes, croyez-moi, le genre humain sait
bien les mettre un jour à leur place. Il n'a placé
qu'au rang des héros et des demi-dieux ceux qui
n'ont exercé que la justice, comme Thésée, Hercule, Pirithous, etc... Mais il a élevé au rang des
dieux ceux qui ont été bienfaisants: tels sont Isis,
qui donna des lois aux hommes; Osiris, qui leur
apprit les arts de la navigation; Apollon, la musique; Mercure, le commerce; Pan, à conduire les
troupeaux; Bacchus, à planter la vigne; Cérès, à
faire croître le blé. Je suis né dans les Gaules, continua Céphas: c'est un pays naturellement bon et
fertile, mais qui, faute de civilisation, manque de
la plupart des choses nécessaires au bonheur. Al-
lons-y porter les arts et les plantes utiles de l'É-
gypte, une religion humaine et des lois sociales;
nous en rapporterons peut-être des choses utiles
à votre patrie. Il n'y a point de peuple sauvage qui
n'ait quelque industrie dont un peuple policé ne
puisse tirer parti, quelque tradition ancienne,
quelque production rare et particulière à son climat. C'est ainsi que Jupiter, le père des hommes,
a voulu lier par un commerce réciproque de bienfaits tous les peuples de la terre, pauvres ou riches,
barbares ou civilisés. Si nous ne trouvons dans les
Gaules rien d'utile à l'Égypte, ou si nous perdons

par quelque accident les fruits de notre voyage, il nous en restera un que ni la mort ni les tempêtes ne sauraient nous enlever : ce sera le plaisir d'avoir fait du bien. »

Ce discours éclaira tout à coup mon esprit d'une lumière divine. J'embrassai Céphas les larmes aux yeux. « Partons, lui dis-je : allons faire du bien aux hommes, allons imiter les dieux ! »

Mon père approuva notre projet ; et, comme je prenais congé de lui, il me dit en me serrant dans ses bras : « Mon fils, vous allez entreprendre la chose la plus difficile qu'il y ait au monde, puisque vous allez travailler au bonheur des hommes. Mais si vous pouvez y trouver le vôtre, soyez bien sûr que vous ferez le mien. »

Après avoir fait nos adieux, Céphas et moi, nous nous embarquâmes à Canope sur un vaisseau phénicien qui allait chercher des pelleteries dans les Gaules et de l'étain dans les îles Britanniques. Nous emportâmes avec nous des toiles de lin, des modèles de chariots, de charrues et de divers métiers ; des cruches de vin et des instruments de musique, des graines de toute espèce, entre autres celles du chanvre et du lin. Nous fîmes attacher dans des caisses, autour de la poupe du vaisseau, sur son pont et jusque dans ses cordages, des ceps de vigne qui étaient en fleur et des arbres fruitiers de plusieurs sortes. On aurait pris notre vaisseau, couvert de pampre et de feuillage, pour celui de Bacchus allant à la conquête des Indes.

Nous mouillâmes d'abord sur les côtes de l'île de Crète, pour y prendre des plantes convenables au climat des Gaules. Cette île nourrit une plus grande quantité de végétaux que l'Égypte, dont elle est voisine, par la variété de ses températures, qui s'étendent depuis les sables chauds de ses rivages jusqu'au pied des neiges qui couvrent le mont Ida, dont le sommet se perd dans les nues. Mais ce qui doit être encore bien plus cher à ses habitants, elle est gouvernée par les sages lois de Minos.

Un vent favorable nous poussa ensuite de la Crète à la hauteur de Mélite. C'est une petite île dont les collines de pierre blanche paraissent de loin sur la mer comme des toiles tendues au soleil. Nous y jetâmes l'ancre pour y faire de l'eau, que l'on y conserve très pure dans des citernes. Nous y aurions vainement cherché d'autres secours : cette île manque de tout, quoique, par sa situation entre la Sicile et l'Afrique et par la vaste étendue de son port, qui se partage en plusieurs bras, elle dût être le centre du commerce entre les peuples de l'Europe, de l'Afrique et même de l'Asie. Ses habitants ne vivent que de brigandages. Nous leur fîmes présent de graines de melons et de celles de xilon. C'est une herbe qui se plaît dans les lieux les plus arides, dont la bourre sert à faire des toiles très blanches et très légères. Quoique Mélite, qui n'est qu'un rocher, ne produise presque rien pour la subsistance des hommes et des animaux, on y prend chaque année, vers l'équinoxe d'automne, une quantité prodigieuse de cailles qui s'y reposent en passant d'Europe en Afrique. C'est un spectacle curieux de les voir, toutes pesantes qu'elles sont, traverser la mer en nombre presque infini. Elles attendent que le vent du nord souffle ; et, dressant en l'air une de leurs ailes comme une voile et battant de l'autre comme d'une rame, elles rasent les flots de leurs croupions chargés de graisse. Quand elles arrivent dans l'île, elles sont si fatiguées, qu'on les prend à la main. Un homme peut en ramasser dans un jour plus qu'il n'en peut manger dans une année.

De Mélite, les vents nous poussèrent jusqu'aux îles d'Énosis, qui sont à l'extrémité méridionale de la Sardaigne. Là ils devinrent contraires, et nous obligèrent de mouiller. Ces îles sont des écueils sablonneux qui ne produisent rien ; mais, par une merveille de la providence des dieux, qui dans les lieux les plus stériles sait nourrir les hommes de mille manières différentes, elle a donné des thons à ces sables, comme elle a donné des cailles au rocher de Mélite. Au printemps, les thons, qui entrent de l'Océan dans la Méditerranée, passent en si grande quantité entre la Sardaigne et les îles d'Énosis, que les habitants sont occupés nuit et jour à les pêcher, à les saler et à en tirer de l'huile. J'ai vu sur leurs rivages des monceaux d'os brûlés de ces

poissons plus hauts que cette maison. Mais ce présent
de la nature ne rend pas les insulaires plus riches.
Ils pêchent pour le profit des habitants de la Sardaigne. Aussi nous ne vîmes que des esclaves aux îles
d'Énosis, et des tyrans à Mélite.

Les vents étant devenus favorables, nous partîmes
après avoir fait présent aux habitants d'Énosis de
quelques ceps de vigne, et en avoir reçu de jeunes
plants de châtaigniers, qu'ils tirent de la Sardaigne,
où les fruits de ces arbres viennent d'une grosseur
considérable.

Pendant le voyage, Céphas me faisait remarquer
les aspects variés des terres, dont la nature n'a fait
aucune semblable en qualité et en forme, afin que
diverses plantes et divers animaux pussent trouver
dans le même climat des températures différentes.
Quand nous n'apercevions que le ciel et l'eau, il me
faisait observer les hommes. Il me disait : « Voyez
ces gens de mer, comme ils sont robustes ! Vous les
prendriez pour des Tritons. L'exercice du corps est
l'aliment de la santé. Il dissipe une infinité de maladies et de passions qui naissent dans le repos des
villes. Les dieux ont planté la vie humaine comme
les chênes de mon pays. Plus ils sont battus des
vents, plus ils sont vigoureux. La mer, me disait-il
encore, est une école de toutes les vertus. On y vit
dans les privations et dans les dangers de toute espèce. On est forcé d'y être courageux, sobre, chaste,
prudent, patient, vigilant, religieux.

— Mais, lui répondis-je, pourquoi la plupart de
nos compagnons de voyage n'ont-ils aucune de ces
qualités-là? Ils sont presque tous intempérants, vio-
lents, impies, louant ou blâmant sans discernement
tout ce qu'ils voient faire.

— Ce n'est point la mer qui les a corrompus,
reprit Céphas, ils y ont apporté leurs passions de la
terre. C'est l'amour des richesses, la paresse, le désir
de se livrer à toute sorte de désordres quand ils sont
à terre, qui déterminent un grand nombre d'hommes
à voyager sur la mer pour s'enrichir: et, comme ils
ne trouvent qu'avec beaucoup de peine les moyens
de se satisfaire sur cet élément, vous les voyez toujours inquiets, sombres et impatients, parce qu'il n'y
a rien de si mauvaise humeur que le vice quand il se
trouve dans le chemin de la vertu. Un vaisseau est
le creuset où s'éprouvent les qualités morales. Le
méchant y empire, et le bon y devient meilleur.
Mais la vertu tire parti de tout. Profitez de leurs
défauts. Vous apprendrez ici à mépriser également
l'injure et les vains applaudissements, à mettre votre
contentement en vous-même, et à ne prendre que
les dieux pour témoins de vos actions. Celui qui
veut faire du bien aux hommes doit s'exercer de
bonne heure à en recevoir du mal. C'est par les travaux du corps et par l'injustice des hommes que vous
fortifierez à la fois votre corps et votre âme. C'est
ainsi qu'Hercule a acquis ce courage et cette force
prodigieuse qui ont porté sa gloire jusqu'aux astres. »

Je suivais donc, autant que je pouvais, les conseils de mon ami, malgré mon extrême jeunesse. Je travaillais à lever de lourdes antennes et à manœuvrer les voiles; mais à la moindre raillerie de mes compagnons, qui se moquaient de mon inexpérience, j'étais tout déconcerté. Il m'était plus facile de m'exercer contre les tempêtes que contre le mépris des hommes: tant mon éducation m'avait déjà rendu sensible à l'opinion d'autrui!

Nous passâmes le détroit qui sépare l'Afrique de l'Europe, et nous vîmes, à droite et à gauche, les deux montagnes Calpé et Abila, qui en fortifient l'entrée. Nos matelots phéniciens ne manquèrent pas de nous faire observer que leur nation était la première, de toutes celles de la terre, qui avait osé pénétrer dans le vaste Océan, et côtoyer ses rivages jusque sous l'Ourse glacée. Ils mirent sa gloire fort au-dessus de celle d'Hercule, qui avait planté, disaient-ils, deux colonnes à ce passage avec l'inscription : ON NE VA POINT AU DELA : comme si le terme de ses travaux devait être celui des courses du genre humain. Céphas, qui ne négligeait aucune occasion de rappeler les hommes à la justice et de rendre hommage à la mémoire des héros, leur disait : « J'ai toujours ouï dire qu'il fallait respecter les anciens. Les inventeurs en chaque science sont les plus dignes de louange, parce qu'ils en ouvrent la carrière aux autres hommes. Il est peu difficile ensuite à ceux qui viennent après eux d'aller plus avant. Un enfant

monté sur les épaules d'un grand homme voit plus
loin que celui qui le porte. » Mais Céphas leur parlait en vain : ils ne daignèrent pas rendre le moindre
honneur à la mémoire du fils d'Alcmène. Pour nous,
nous vénérâmes les rivages de l'Espagne, où il avait
tué Géryon à trois corps; nous couronnâmes nos
têtes de branches de peuplier, et nous versâmes en
son honneur du vin de Thasos dans les flots.

Bientôt nous découvrîmes les profondes et ver-
doyantes forêts qui couvrent la Gaule celtique. C'est
un fils d'Hercule, appelé Galatès, qui donna à ses
habitants le surnom de Galates ou de Gaulois. Sa
mère, fille d'un roi des Celtes, était d'une grandeur
prodigieuse. Elle dédaignait de prendre un mari
parmi les sujets de son père; mais quand Hercule
passa dans les Gaules après la défaite de Géryon,
elle ne put refuser son cœur et sa main au vainqueur
d'un tyran. Nous entrâmes ensuite dans le canal qui
sépare la Gaule des îles Britanniques, et en peu de
jours nous parvînmes à l'embouchure de la Seine,
dont les eaux vertes se distinguent en tout temps
des flots azurés de la mer. J'étais au comble de la
joie. Nous étions près d'arriver. Nos arbres étaient
frais et couverts de feuilles. Plusieurs d'entre eux,
entre autres des ceps de vigne, avaient des fruits
mûrs. Je pensais au bon accueil qu'allaient nous
faire des peuples dénués des principaux biens de la
nature, lorsqu'ils nous verraient débarquer sur leurs
rivages avec les plus douces productions de l'Égypte

et de la Crète. Les seuls travaux de l'agriculture
suffisent pour fixer les peuples errants et vagabonds,
et leur ôter le désir de soutenir par la violence la vie
humaine, que la nature entretient par tant de bienfaits. Il ne faut qu'un grain de blé, me disais-je, pour
policer tous les Gaulois par les arts que l'agriculture
fait naître. Cette seule graine de lin suffit pour les
vêtir un jour ; ce cep de vigne est suffisant pour
répandre à perpétuité la gaieté et la joie dans
leurs festins. Je sentais alors combien les ouvrages
de la nature sont supérieurs à ceux des hommes.
Ceux-ci dépérissent dès qu'ils commencent à paraître ;
les autres, au contraire, portent en eux l'esprit de
vie qui les propage. Le temps, qui détruit les monuments des arts, ne fait que multiplier ceux de la nature. Je voyais dans une seule semence plus de vrais
biens renfermés qu'il n'y en a, en Égypte, dans les
trésors des rois.

Je me livrais à ces divines et humaines spécula-
tions ; et, dans les transports de ma joie, j'embras-
sais Céphas, qui m'avait donné une si juste idée des
biens des peuples et de la véritable gloire. Cependant mon ami remarqua que le pilote se préparait à
remonter la Seine, à l'embouchure de laquelle nous
étions alors. La nuit s'approchait ; le vent soufflait
de l'Occident, et l'horizon était fort chargé. Céphas
dit au pilote : « Je vous conseille de ne point entrer
dans le fleuve, mais plutôt de jeter l'ancre dans ce
port aimé d'Amphitrite, que vous voyez sur la

gauche. Voici ce que j'ai ouï raconter à ce sujet à nos anciens :

« La Seine, fille de Bacchus et nymphe de Cérès, avait suivi dans les Gaules la déesse des blés lorsqu'elle cherchait sa fille Proserpine par toute la terre. Quand Cérès eut mis fin à ses courses, la Seine la pria de lui donner, en récompense de ses services, ces prairies que vous voyez là-bas. La déesse y consentit, et accorda de plus à la fille de Bacchus de faire croître des blés partout où elle porterait ses pas. Elle laissa donc la Seine sur ces rivages, et lui donna pour compagne et pour suivante la nymphe Héva, qui devait veiller près d'elle, de peur qu'elle ne fût enlevée par quelque dieu de la mer, comme sa fille Proserpine l'avait été par celui des enfers. Un jour que la Seine s'amusait à courir sur ces sables en cherchant des coquilles, et qu'elle fuyait, en jetant de grands cris, devant les flots de la mer, qui quelquefois lui mouillaient la plante des pieds et quelquefois l'atteignaient jusqu'aux genoux, Héva, sa compagne, aperçut sous les ondes les cheveux blancs, le visage empourpré et la robe bleue de Neptune. Ce dieu venait des Orcades après un grand tremblement de terre, et il parcourait les rivages de l'Océan, examinant avec son trident si leurs fondements n'avaient point été ébranlés. A sa vue, Héva jeta un grand cri, et avertit la Seine, qui s'enfuit aussitôt vers les prairies. Mais le dieu des mers avait aperçu la nymphe de Cérès, et, touché de sa

bonne grâce et de sa légèreté, il poussa sur le rivage
ses chevaux marins après elle. Déjà il était près de
l'atteindre, lorsqu'elle invoqua Bacchus, son père,
et Cérès, sa maîtresse. L'un et l'autre l'exaucèrent :
dans le temps que Neptune tendait les bras pour la
saisir, tout le corps de la Seine se fondit en eau;
son voile et ses vêtements verts, que les vents poussaient devant elle, devinrent des flots couleur d'émeraude; elle fut changée en un fleuve de cette couleur, qui se plaît encore à parcourir les lieux qu'elle
a aimés étant nymphe. Ce qu'il y a de plus remarquable, c'est que Neptune, malgré sa métamorphose,
n'a cessé d'en être épris, comme on dit que le fleuve
Alphée l'est encore en Sicile de la fontaine Aréthuse.
Mais si le dieu des mers a conservé son amour pour
la Seine, la Seine garde encore son aversion pour
lui. Deux fois par jour il la poursuit avec de grands
mugissements, et chaque fois la Seine s'enfuit dans
les prairies en remontant vers sa source, contre le
cours naturel des fleuves. En tout temps elle sépare
ses eaux vertes des eaux azurées de Neptune.

« Héva mourut du regret de la perte de sa maîtresse. Mais les Néréides, pour la récompenser de
sa fidélité, lui élevèrent sur le rivage un tombeau de
pierres blanches et noires, qu'on aperçoit de fort
loin. Par un art céleste, elles y enfermèrent même
un écho, afin qu'Héva, après sa mort, prévînt par
l'ouïe et par la vue les marins des dangers de la
terre, comme, pendant sa vie, elle avait averti la

nymphe de Cérès des dangers de la mer. Vous voyez
d'ici son tombeau. C'est cette montagne escarpée,
formée de couches funèbres de pierres blanches et
noires. Elle porte toujours le nom de Héva. Vous
voyez, à ces amas de cailloux dont sa base est couverte, les efforts de Neptune irrité pour en ronger les
fondements ; et vous pouvez entendre d'ici les mugissements de la montagne, qui avertit les gens de
mer de prendre garde à eux. Pour Amphitrite, touchée du malheur de la Seine, elle pria les Néréides
de creuser cette petite baie que vous voyez sur votre
gauche à l'embouchure du fleuve, et elle voulut
qu'elle fût en tout temps un havre assuré contre les
fureurs de son époux. Entrez-y donc maintenant, si
vous m'en croyez, pendant qu'il fait jour. Je puis
vous certifier que j'ai vu souvent le dieu des mers
poursuivre la Seine bien avant dans les campagnes,
et renverser tout ce qui se rencontrait sur son passage. Gardez-vous donc de vous trouver sur le chemin
d'un dieu que la passion met en fureur.

— Il faut, répondit le pilote à Céphas, que vous
me preniez pour un homme bien stupide, de me faire
de pareils contes à mon âge. Il y a quarante ans que
je navigue. J'ai mouillé de nuit et de jour dans la
Tamise, pleine d'écueils, et dans le Tage, qui est si
rapide ; j'ai vu les cataractes du Nil, qui font un
bruit affreux ; et jamais je n'ai vu ni ouï dire rien
de semblable à ce que vous venez de me raconter.
Je ne serai pas assez fou de m'arrêter ici à l'ancre,

tandis que le vent est favorable pour remonter le fleuve. Je passerai la nuit dans son canal, et j'y dormirai bien profondément. »

Il dit; et, de concert avec les matelots, il fit une huée, comme les hommes présomptueux et ignorants ont coutume de faire quand on leur donne des avis dont ils ne comprennent pas le sens.

Céphas alors s'approcha de moi, et me demanda si je savais nager. « Non, lui répondis-je. J'ai appris en Égypte tout ce qui pouvait me faire honneur parmi les hommes, et presque rien de ce qui pouvait m'être utile à moi-même. » Il me dit: « Ne nous quittons pas : tenons-nous près de ce banc de rameurs, et mettons toute notre confiance dans les dieux. »

Cependant le vaisseau, poussé par le vent, et sans doute aussi par la vengeance d'Hercule, entra dans le fleuve à pleines voiles. Nous évitâmes d'abord trois bancs de sable qui sont à son embouchure; ensuite, nous étant engagés dans son canal, nous ne vîmes plus autour de nous qu'une vaste forêt qui s'étendait jusque sur ses rivages. Nous n'apercevions dans ce pays d'autres marques d'habitation que quelques fumées qui s'élevaient çà et là au-dessus des arbres. Nous voguâmes ainsi jusqu'à ce que, la nuit nous empêchant de rien distinguer, le pilote laissa tomber l'ancre.

Le vaisseau, chassé d'un côté par un vent frais, et de l'autre par le cours du fleuve, vint en travers

dans le canal. Mais, malgré cette position dange-
reuse, nos matelots se mirent à boire et à se réjouir,
se croyant à l'abri de tout danger, parce qu'ils se
voyaient entourés de la terre de toutes parts. Ils
furent ensuite se coucher, sans qu'il en restât un
seul pour veiller à la manœuvre.

Nous étions restés sur le pont, Céphas et moi,
assis sur un banc de rameurs. Nous bannissions le
sommeil de nos yeux, en nous entretenant du spectacle majestueux des astres qui roulaient sur nos
têtes. Déjà la constellation de l'Ourse était au milieu
de son cours, lorsque nous entendîmes au loin un
bruit sourd, mugissant, semblable à celui d'une
cataracte. Je me levai imprudemment pour voir ce
que ce pouvait être. J'aperçus, à la blancheur de
son écume, une montagne d'eau qui venait à nous
du côté de la mer, en se roulant sur elle-même. Elle
occupait toute la largeur du fleuve, et, surmontant
ses rivages à droite et à gauche, elle se brisait avec
un fracas horrible parmi les troncs des arbres de la
forêt. Dans l'instant elle fut sur notre vaisseau, et,
le rencontrant en travers, elle le coucha sur le côté :
ce mouvement me fit tomber dans l'eau. Un moment
après, une seconde vague, encore plus élevée que la
première, fit tourner le vaisseau tout à fait. Je me
souviens qu'alors j'entendis sortir une multitude de
cris sourds et étouffés de cette carène renversée;
mais, voulant appeler moi-même mon ami à mon
secours, ma bouche se remplit d'eau salée, mes

oreilles bourdonnèrent, je me sentis emporter avec
une extrême rapidité, et bientôt après je perdis connaissance.

Je ne sais combien de temps je restai dans l'eau;
mais, quand je revins à moi, j'aperçus vers l'occident l'arc d'Iris dans les cieux, et du côté de l'o-
rient les premiers feux de l'aurore, qui coloraient
les nuages d'argent et de vermillon. Une troupe de
jeunes filles fort blanches, demi-vêtues de peaux,
m'entouraient. Les unes me présentaient des liqueurs
dans des coquilles, d'autres m'essuyaient avec des
mousses, d'autres me soutenaient la tête avec leurs
mains. Leurs cheveux blonds, leurs joues vermeilles,
leurs yeux bleus, et je ne sais quoi de céleste que la
pitié met sur le visage des femmes, me firent croire
que j'étais dans les cieux et que j'étais servi par les
Heures, qui en ouvrent chaque jour les portes aux
malheureux mortels. Le premier mouvement de mon
cœur fut de vous chercher, et le second fut de vous
demander, ô Céphas! Je ne me serais pas cru heureux, même dans l'Olympe, si vous eussiez manqué
à mon bonheur. Mais mon illusion se dissipa lorsque
j'entendis ces jeunes filles prononcer de leur bouche
de rose un langage inconnu et barbare. Je me rappelai alors peu à peu les circonstances de mon
naufrage. Je me levai. Je voulus vous chercher;
mais je ne savais où vous trouver. J'errais aux environs, au milieu des bois. J'ignorais si le fleuve où
nous avions fait naufrage était près ou loin, à ma

droite ou à ma gauche; et, pour surcroît d'embarras, je ne pouvais interroger personne sur sa position.

Après y avoir un peu réfléchi, je remarquai que
les herbes étaient humides, et le feuillage des arbres
d'un vert brillant, d'où je conclus qu'il avait plu
abondamment la nuit précédente. Je me confirmai
dans cette idée à la vue de l'eau qui coulait encore
en torrents jaunes le long des chemins. Je pensai
que ces eaux devaient se jeter dans quelque ruisseau,
et le ruisseau dans le fleuve. J'allais suivre ces indications, lorsque des hommes sortis d'une cabane
voisine me forcèrent d'y rentrer d'un ton menaçant.
Je m'aperçus alors que je n'étais plus libre, et que
j'étais esclave chez des peuples où je m'étais flatté
d'être honoré comme un dieu.

J'en atteste Jupiter, ô Céphas! le déplaisir d'avoir
fait naufrage au port, de me voir réduit en servitude
par ceux que j'étais venu servir de si loin, d'être
relégué dans une terre barbare où je ne pouvais me
faire entendre de personne, loin du doux pays de
l'Égypte et de mes parents, n'égala pas le chagrin
de vous avoir perdu. Je me rappelai la sagesse de
vos conseils, votre confiance dans les dieux, dont
vous me faisiez sentir la providence au milieu même
des plus grands maux; vos observations sur les
ouvrages de la nature, qui la remplissaient pour moi
de vie et de bienveillance; le calme où vous saviez
tenir toutes mes passions; et je sentais, par les

nuages qui s'élevaient dans mon cœur, que j'avais perdu en vous le premier des biens, et qu'un ami sage est le plus grand présent que la bonté des dieux puisse accorder à un homme.

Je ne pensais donc qu'au moyen de vous retrouver, et je me flattais d'y réussir en m'enfuyant au milieu de la nuit, si je pouvais seulement me rendre au bord de la mer. Je savais bien que je ne pouvais pas en être fort éloigné; mais j'ignorais de quel côté elle était. Il n'y avait point aux environs de hauteur d'où je pusse la découvrir. Quelquefois je montais au sommet des plus grands arbres; mais je n'apercevais que la surface de la forêt qui s'étendait jusqu'à l'horizon. Souvent j'étais attentif au vol des oiseaux, pour voir si je n'apercevais pas quelque oiseau de marine venant à terre faire son nid dans la forêt, ou quelque pigeon sauvage allant picorer le sel sur les bords de la mer. J'aurais préféré mille fois d'entendre les cris perçants des mauves, lorsqu'elles viennent dans les tempêtes se réfugier sur les rochers, au doux chant des rouges-gorges, qui annonçaient déjà, dans les feuilles jaunies des bois, la fin des beaux jours.

Une nuit que j'étais couché, je crus entendre au loin le bruit que font les flots de la mer lorsqu'ils se brisent sur les rivages; il me sembla même que je distinguais le tumulte des eaux de la Seine poursuivie par Neptune. Leurs mugissements, qui m'avaient transi d'horreur, me comblèrent alors de joie.

Je me levai : je sortis de la cabane, et je prêtai une oreille attentive ; mais bientôt des rumeurs qui venaient des diverses parties de l'horizon confondirent tous mes jugements, et je reconnus que c'étaient les murmures des vents qui agitaient au loin les feuillages des chênes et des hêtres.

Quelquefois j'essayais de faire entendre aux sauvages de ma cabane que j'avais perdu un ami. Je mettais la main sur mes yeux, sur ma bouche et sur mon cœur ; je leur montrais l'horizon ; je levais au ciel mes mains jointes, et je versais des larmes. Ils comprenaient ce langage muet de ma douleur, car ils pleuraient avec moi ; mais, par une contradiction dont je ne pouvais me rendre raison, ils redoublaient de précautions pour m'empêcher de m'éloigner d'eux.

Je m'appliquai donc à apprendre leur langue, afin de les instruire de mon sort et de les y rendre sensibles. Ils s'empressaient eux-mêmes de m'enseigner les noms des objets que je leur montrais. L'esclavage est fort doux chez ces peuples. Ma vie, à la liberté près, ne différait en rien de celle de mes maîtres. Tout était commun entre nous, les vivres, le toit et la terre, sur laquelle nous couchions enveloppés de peaux. Ils avaient même des égards pour ma jeunesse, et ils ne me donnaient à supporter que la moindre partie de leurs travaux. En peu de temps je parvins à converser avec eux. Voici ce que j'ai connu de leur gouvernement et de leur caractère.

Les Gaules sont peuplées d'un grand nombre de
petites nations, dont les unes sont gouvernées par
des rois, d'autres par des chefs appelés iarles, mais
soumises toutes au pouvoir des druides, qui les réunissent sous une même religion, et les gouvernent
avec d'autant plus de facilité que mille coutumes
différentes les divisent. Les druides ont persuadé à
ces nations qu'elles descendent de Pluton, dieu des
enfers, qu'ils appellent Hoder, ou l'aveugle. C'est
pourquoi les Gaulois comptent par nuits, et non
point par jours; et ils comptent les heures du jour
du milieu de la nuit, contre la coutume de tous les
peuples. Ils adorent plusieurs autres dieux aussi terribles que Hoder, tels que Niorder, le maître des
vents, qui brise les vaisseaux sur leurs côtes, afin,
disent-ils, de leur en procurer le pillage. Aussi
croient-ils que tout vaisseau qui périt sur les rivages leur est envoyé par Niorder. Ils ont de plus
Thor ou Theutatès, le dieu de la guerre, armé d'une
massue qu'il lance du haut des airs : ils lui donnent
des gants de fer, et un baudrier qui redouble sa
fureur quand il en est ceint; Tir, aussi cruel; le taci-
turne Vidar, qui porte des souliers fort épais, avec
lesquels il peut marcher dans l'air et sur l'eau sans
faire de bruit; Heimdall à la dent d'or, qui voit le
jour et la nuit : il entend le bruit le plus léger, même
celui que fait l'herbe ou la laine quand elle croît;
Uller, le dieu de la glace, chaussé de patins; Loke,
qui eut trois enfants de la géante Angherbode, la

messagère de douleur, savoir : le loup Fenris, le
serpent de Migdar, et l'impitoyable Héla. Héla est la
mort. Ils disent que son palais est la misère, sa table
la famine, sa porte le précipice, son vestibule la langueur, son lit la consomption. Ils ont encore plusieurs autres dieux, dont les exploits sont aussi
féroces que les noms, Hériam, Riflindi, Sividur,
Svidrer, Salsk, qui veulent dire le guerrier, le
bruyant, l'exterminateur, l'incendiaire, le père du
carnage. Les druides honorent ces divinités avec des
cérémonies lugubres, des chants lamentables et des
sacrifices humains. Ce culte affreux leur donne tant
de pouvoir sur les esprits effrayés des Gaulois, qu'ils
président à tous leurs conseils et décident de toutes
les affaires. Si quelqu'un s'oppose à leurs jugements,
ils le privent de la communion de leurs mystères, et
dès ce moment il est abandonné de tout le monde,
même de sa femme et de ses enfants. Mais il est rare
qu'on ose leur résister ; car ils se chargent seuls de
l'éducation de la jeunesse, afin de lui imprimer de
bonne heure, et d'une manière inaltérable, ces opinions horribles.

Quant aux iarles ou nobles, ils ont droit de vie
et de mort sur leurs vassaux. Ceux qui vivent sous
des rois leur payent la moitié du tribut qu'ils lèvent
sur les peuples ; d'autres les gouvernent entièrement à leur profit. Les peuples riches donnent des
festins aux plus pauvres de leur classe, qui les ac-
compagnent à la guerre et font vœu de mourir pour

eux. Ils sont très braves. S'ils rencontrent à la chasse un ours, le principal d'entre eux met bas ses flèches, attaque seul l'animal, et le tue d'un coup de couteau. Si le feu prend à leur maison, ils ne la quittent point qu'ils ne voient tomber sur eux les solives enflammées. D'autres, sur le bord de la mer, s'opposent, la lance ou l'épée à la main, aux vagues qui se brisent sur le rivage. Ils mettent la valeur à résister non seulement aux ennemis et aux bêtes féroces, mais même aux éléments. La valeur leur tient lieu de justice. Ils ne décident leurs différends que par les armes, et regardent la raison comme la ressource de ceux qui n'ont pas de courage. Ces deux classes de citoyens, dont l'une emploie la ruse, l'autre la force, pour se contraindre, se balancent entre elles; mais elles se réunissent pour tyranniser les peuples, qu'elles traitent avec un souverain mépris. Jamais un homme du peuple ne peut parvenir, chez les Gaulois, à remplir aucune charge publique. Il semble que cette nation n'est faite que pour ses prêtres et pour ses grands. Au lieu d'être consolée par les uns et protégée par les autres, comme la justice le requiert, les druides ne l'effrayent que pour que les iarles l'oppriment.

On ne trouverait cependant nulle part des hommes qui aient de meilleures qualités que les Gaulois. Ils sont fort ingénieux, et ils excellent dans plusieurs genres d'industrie qu'on ne trouve point ailleurs. Ils couvrent d'étain des plaques en fer

avec tant d'art, qu'on les prendrait pour des plaques
d'argent. Ils assemblent des pièces de bois avec
une si grande justesse, qu'ils en forment des vases
capables de contenir toutes sortes de liqueurs. Ce
qu'il y a de plus étrange, c'est qu'ils savent y faire
bouillir de l'eau sans les brûler. Ils font rougir des
cailloux au feu, et les jettent dans l'eau contenue
dans le vase de bois, jusqu'à ce qu'elle prenne le
degré de chaleur qu'ils veulent lui donner. Ils savent encore allumer du feu sans se servir d'acier ni
de caillou, en frottant ensemble du bois de lierre
et de laurier. Les qualités de leur cœur surpassent
encore celles de leur esprit. Ils sont très hospita-
liers. Celui qui a peu le partage de bon cœur avec
celui qui n'a rien. Ils aiment leurs enfants avec tant
de passion, que jamais ils ne les maltraitent. Ils
se contentent de les ramener à leur devoir par des
remontrances. Il résulte de cette conduite qu'en
tout temps la plus tendre affection unit tous les
membres de leurs familles, et que les jeunes gens y
écoutent avec le plus grand respect les conseils des
vieillards.

Cependant ce peuple serait bientôt détruit par la
tyrannie de ses chefs, s'il ne leur opposait leurs
propres passions. Quand il arrive des querelles
parmi les nobles, il est si persuadé que c'est aux
armes à les décider, et que la raison n'y peut rien,
qu'il les force, pour mériter son estime, de se
battre jusqu'à la mort. Ce préjugé populaire détruit

beaucoup de iarles. D'un autre côté, il est si convaincu des choses terribles que les druides racontent de leurs dieux, et la peur, comme c'est l'ordinaire, lui fait ajouter à leurs traditions des circonstances si effrayantes, que ses prêtres bien souvent
tremblent plus que lui devant les idoles qu'ils ont
eux-mêmes fabriquées. J'ai bien reconnu parmi eux
la vérité de cette maxime de nos livres sacrés, qui
dit que Jupiter a voulu que le mal que l'on fait aux
hommes rejaillît sept fois sur son auteur, afin que
personne ne pût trouver son bonheur dans le malheur d'autrui.

Il y a çà et là, parmi quelques peuples des Gaules, des rois qui fortifient leur autorité en prenant
la défense des plus faibles; mais ce qui préserve la
nation de sa ruine totale, ce sont les femmes.
Également opprimées par les lois des druides et
par les mœurs féroces des iarles, elles sont réduites
au plus dur esclavage. Elles sont chargées des
offices les plus pénibles, comme de labourer la
terre, d'aller dans les bois chercher le gibier du
chasseur, de porter les bagages des hommes dans
les voyages. Elles sont de plus assujetties toute leur
vie à obéir à leurs propres enfants. Chaque mari
a droit de vie et de mort sur la sienne; et lorsqu'il
meurt, si on soupçonne sa mort de n'être pas naturelle, on donne la question à sa femme : si elle
s'avoue coupable par la violence des tourments, on
la condamne au feu.

Ce sexe malheureux triomphe de ses tyrans par leurs propres opinions. Comme c'est la vanité qui les domine, les femmes les tournent en ridicule; une simple chanson leur suffit pour détruire le résultat des assemblées les plus graves. Le peuple, et surtout les jeunes gens, toujours prêts à les servir, font courir cette chanson dans les bourgs et les hameaux. On la chante le jour et la nuit. Celui qui en est le sujet, quel qu'il soit, n'ose plus se montrer. De là il arrive que les femmes, si faibles en particulier, jouissent en général du plus grand pouvoir. Soit crainte du ridicule, soit expérience des lumières des femmes, les chefs n'entreprennent rien sans les consulter; elles décident de la paix et de la guerre. Comme elles sont forcées par les maux de la société de renoncer à ses opinions et de se réfugier entre les bras de la nature, elles ne sont ni aveuglées ni endurcies par les préjugés des hommes. De là vient qu'elles voient plus sainement qu'eux dans les affaires publiques, et prévoient avec beaucoup de justesse les événements futurs. Le peuple, dont elles soulagent les maux, frappé de leur trouver souvent plus de discernement qu'à ses chefs, sans en pénétrer les causes, se plaît à leur attribuer quelque chose de divin.

Ainsi les Gaulois passent successivement et rapidement de la tristesse à la crainte, et de la crainte à la joie. Les druides les épouvantent, les iarles les maltraitent; les femmes les font rire, chanter et danser. Leur religion, leurs lois et leurs mœurs étant sans cesse en contradiction, ils vivent dans une inconstance perpétuelle, qui fait leur caractère principal. Voilà pourquoi encore ils sont très curieux de nouvelles, et de savoir ce qui se passe chez les étrangers. C'est pour cette raison qu'on en trouve beaucoup hors de leur patrie, dont ils aiment à sortir, comme tous les hommes qui y sont malheureux.

Ils méprisent les laboureurs, et ils négligent par conséquent l'agriculture, qui est la base de la félicité publique. Quand nous arrivâmes dans leur pays, ils ne cultivaient que les grains qui peuvent croître dans le cours d'un été, comme les fèves, les lentilles, l'avoine, le petit mil, le seigle et l'orge. On n'y trouvait que bien peu de froment. Cependant la terre y est très féconde en productions naturelles : il y a beaucoup de pâturages excellents le long des rivières ; les forêts y sont élevées et remplies de toutes sortes d'arbres fruitiers sauvages. Comme ils manquent souvent de vivres, ils m'employaient à en chercher dans les champs et dans les bois. Je trouvais dans les prairies des gousses d'ail, des racines de daucus et de la filipendule. Je revenais quelquefois tout chargé de baies de myrtilles, de faînes de hêtres, de prunes, de poires, de pommes, que j'avais cueillies dans la forêt. Ils faisaient cuire ces fruits, dont la plupart ne peuvent se manger crus, tant ils sont âpres. Mais il s'y trouve des arbres qui en produisent d'un goût excellent. J'y ai souvent admiré des pommiers chargés de fruits d'une couleur si éclatante, qu'on les eût pris pour les plus belles fleurs.

Voici ce qu'ils racontent au sujet de ces pommiers qui y croissent en abondance et de la plus grande beauté. Ils disent que la belle Thétis, qu'ils appellent Friga, jalouse de ce qu'à ses propres noces Vénus, qu'ils appellent Siofne, avait remporté la pomme qui était le prix de la beauté sans qu'on l'eût mise seulement dans la concurrence des trois déesses, résolut de s'en venger. Un jour donc que Vénus, descendue sur cette partie du rivage des Gaules, y cherchait des perles pour sa parure, et des coquillages appelés manches de couteau pour son fils Sifionne, un triton lui déroba sa pomme, qu'elle avait mise sur un rocher, et la porta à la déesse des mers. Aussitôt Thétis en sema les pépins dans les campagnes voisines, pour y perpétuer le souvenir de sa vengeance et de son triomphe. Voilà, disent les Gaulois celtiques, la cause du grand nombre de pommiers qui croissent dans leur pays, et de la beauté singulière de leurs filles.

L'hiver vint, et je ne saurais vous exprimer quel fut mon étonnement lorsque je vis, pour la première fois de ma vie, le ciel se dissoudre en plumes blanches comme celles des oiseaux, l'eau des fontaines se changer en pierre, et les arbres se dépouiller entièrement de leur feuillage. Je n'avais

jamais rien vu de semblable en Egypte. Je crus que
les Gaulois ne tarderaient pas à mourir comme les
plantes et les éléments de leur pays; et sans doute
la rigueur de l'air n'aurait pas manqué de me faire
mourir moi-même, s'ils n'avaient pris le plus grand
soin de me vêtir de fourrures. Mais qu'il est aisé à
un homme sans expérience de se tromper ! Je ne
connaissais pas les ressources de la nature pour
chaque saison comme pour chaque climat. L'hiver
est pour ces peuples septentrionaux le temps des
festins et de l'abondance. Les oiseaux des rivières,
les élans, les taureaux sauvages, les lièvres, les
cerfs, les sangliers abondent alors dans leurs forêts,
et s'approchent de leurs cabanes. On en tue des
quantités prodigieuses. Je ne fus pas moins surpris
quand je vis le printemps revenir et étaler dans ces
lieux désolés une magnificence que je ne lui avais
jamais vue sur les bords mêmes du Nil. Les rubus,
les framboisiers, les églantiers, les fraisiers, les primevères, les violettes et beaucoup d'autres fleurs
inconnues à l'Égypte, bordaient les lisières ver-
doyantes des forêts. Quelques-unes, comme les
chèvrefeuilles, grimpaient sur les troncs des chênes,
et suspendaient à leurs rameaux leurs guirlandes
parfumées. Les rivages, les rochers, les montagnes,
les bois, tout était revêtu d'une pompe à la fois
magnifique et sauvage. Un si touchant spectacle
redoubla ma mélancolie. Heureux, me disais-je, si,
parmi tant de plantes, j'en voyais s'élever une seule

de celles que j'ai apportées de l'Égypte ! ne fût-ce que
l'humble plante du lin, elle me rappellerait ma patrie pendant ma vie ; en mourant, je choisirais près
d'elle mon tombeau ; elle apprendrait un jour à
Céphas où reposent les os de son ami, et aux Gaulois
le nom et les voyages d'Amasis.

Un jour, pendant que je cherchais à dissiper ma
mélancolie en voyant danser des jeunes filles sur
l'herbe nouvelle, une d'entre elles quitta la troupe
des danseuses et s'en vint pleurer sur moi, puis tout
à coup elle se joignit à ses compagnes et continua
de danser en jouant et folâtrant avec elles. Je pris
ce passage subit de la joie à la douleur et de la
douleur à la joie, dans cette jeune fille, pour un
effet d'une inconstance naturelle à ce peuple, et je
ne m'en mettais pas beaucoup en peine, lorsque je
vis sortir de la forêt un vieillard à barbe rousse,
revêtu d'une robe de peau de belette. Il portait
à sa main une branche de gui, et à sa ceinture
un couteau de caillou. Il était suivi d'une troupe de
jeunes gens à la fleur de l'âge, vêtus de baudriers
faits des mêmes peaux, et tenant dans leurs mains des
courges vides, des chalumeaux de fer, des cornes
de bœuf, et d'autres instruments de leur musique
barbare.

Dès que ce vieillard parut, toutes les danses cessèrent, tous les visages s'attristèrent, et tout le monde
s'éloigna de moi. Mon maître même et sa famille
se retirèrent dans leur cabane. Ce méchant vieillard

alors s'approcha de moi, me passa une corde de cuir autour du cou, et ses satellites me forçant à le suivre, ils m'entraînèrent tout éperdu, comme des loups qui emportent un mouton. Ils me conduisirent à travers la forêt jusqu'aux bords de la Seine ; là leur chef m'arrosa de l'eau du fleuve, ensuite il me fit entrer dans un grand bateau d'écorce de bouleau, où il s'embarqua lui-même avec toute sa troupe.

Nous remontâmes la Seine pendant huit jours, en gardant un profond silence. Le neuvième, nous arrivâmes dans une petite ville bâtie au milieu d'une île. Ils me débarquèrent vis-à-vis, sur la rive droite du fleuve, et ils me conduisirent dans une grande cabane sans fenêtres qui était éclairée par des torches de sapin. Ils m'attachèrent au milieu de la cabane, à un poteau ; et ces jeunes gens, qui me gardaient jour et nuit, armés de haches de caillou, ne cessaient de sauter autour de moi, en soufflant de toutes leurs forces dans leurs cornes de bœuf et leurs fifres de fer. Ils accompagnaient leur affreuse musique de ces horribles paroles, qu'ils chantaient en chœur :

« O Niorder ! ô Rifindi ! ô Svidrer ! ô Héla ! ô Héla ! dieux du carnage et des tempêtes, nous vous apportons de la chair. Recevez le sang de cette victime, de cet enfant de la mort. O Niorder ! ô Rifindi ! ô Svidrer ! ô Héla ! ô Héla ! »

En prononçant ces mots épouvantables, ils avaient les yeux tournés dans la tête, et la bouche écumante. Enfin ces fanatiques, accablés de lassitude, s'endormirent, à l'exception de l'un d'entre eux, appelé Omfi. Ce nom, dans la langue celtique, veut dire bienfaisant. Omfi, touché de pitié, s'approcha de moi. « Jeune infortuné, me dit-il, une guerre cruelle s'est élevée entre les peuples de la Grande-Bretagne et ceux des Gaules. Les Bretons prétendent être les maîtres de la mer qui nous sépare de leur île. Nous avons déjà perdu contre eux deux batailles navales. Le collège des druides de Chartres a décidé qu'il fallait des victimes humaines pour se rendre favorable Mars, dont le temple est près d'ici. Le chef des druides, qui a des espions par toutes les Gaules, a appris que la tempête t'avait jeté sur nos côtes : il a été te chercher lui-même. Il est vieux et sans pitié ; il porte les noms de deux de nos dieux les plus redoutables. Il s'appelle Tor-Tir. Mets donc ta confiance dans les dieux de ton pays ; car ceux des Gaules demandent ton sang. »

Il me fut impossible de répondre à Omfi, tant j'étais saisi de frayeur. Je le remerciai seulement en inclinant la tête ; et aussitôt il s'éloigna de moi, de peur d'être aperçu de ses compagnons.

Je me rappelai dans ce moment la raison qui avait obligé les Gaulois qui m'avaient fait esclave de m'empêcher de m'écarter de leur demeure : ils craignaient que je ne tombasse entre les mains des druides ; mais je n'avais pu vaincre ma fatale destinée. Ma perte maintenant me paraissait si certaine, que je

ne croyais pas que Jupiter même pût me délivrer de
la gueule de ces tigres affamés de mon sang. Je ne
me rappelais plus, ô Céphas, ce que vous m'aviez
dit tant de fois, que les dieux n'abandonnent jamais
l'innocence. Je ne me souvenais plus même qu'ils
m'avaient sauvé du naufrage. Le danger présent fait
oublier les délivrances passées. Quelquefois je pensais qu'ils ne m'avaient préservé des flots que pour
me livrer à une mort mille fois plus cruelle.

Cependant j'adressai mes prières à Jupiter, et je
goûtais une sorte de repos à m'abandonner à cette
Providence infinie qui gouverne l'univers, lorsque les
portes de ma cabane s'ouvrirent tout à coup, et une
troupe nombreuse de prêtres entra, ayant Tor-Tir
à leur tête, tenant toujours à la main une branche
de gui de chêne. Aussitôt la jeunesse barbare qui
m'entourait se réveilla, et commença ses chansons et ses danses funèbres. Tor-Tir vint à moi, il
me posa sur la tête une couronne d'if et une poignée
de farine de fèves ; ensuite il me mit un bâillon
dans la bouche, et, m'ayant délié de mon poteau,
il m'attacha les mains derrière le dos. Alors tout le
cortège se mit en marche au bruit de ses lugubres
instruments, et deux druides, me soutenant par les
bras, me conduisirent au lieu du sacrifice.

Ici Tirtée, s'apercevant que le fuseau de Cyanée
lui échappait des mains et qu'elle pâlissait, lui dit :
« Ma fille, il est temps de vous aller reposer. Son-
gez que vous devez vous lever demain avant l'aurore,

pour aller à la fête du mont Lycée, où vous devez offrir, avec vos compagnes, les dons des bergers sur les autels de Jupiter. » Cyanée, toute tremblante, lui répondit : « Mon père, j'ai tout préparé pour la fête de demain. Les couronnes de fleurs, les gâteaux de froment, les vases de lait, tout est prêt. Mais il n'est pas tard : la lune n'éclaire pas le fond du vallon ; les coqs n'ont pas encore chanté ; il n'est pas minuit. Permettez-moi, je vous en supplie, de rester jusqu'à la fin de cette histoire. Mon père, je suis auprès de vous ; je n'aurai pas peur. »

Tirtée regarda sa fille en souriant ; et s'excusant à Amasis de l'avoir interrompu, il le pria de continuer.

Nous sortîmes de la cabane, reprit Amasis, au milieu d'une nuit obscure, à la lueur enfumée des torches de sapin. Nous traversâmes d'abord un vaste champ de pierres, où l'on voyait çà et là des squelettes de chevaux et de chiens fichés sur des pieux ; de là nous arrivâmes à l'entrée d'une grande caverne creusée dans le flanc d'un rocher tout blanc. Des caillots d'un sang noir, répandu aux environs, exhalaient une odeur infecte, et annonçaient que c'était le temple de mars. Dans l'intérieur de cet affreux repaire étaient rangés, le long des murs, des têtes et des ossements humains, et au milieu, sur une pièce de roc, s'élevait jusqu'à la voûte une statue de fer représentant le dieu Mars. Elle était si difforme, qu'elle ressemblait plutôt à un bloc de fer rouillé qu'au dieu de la guerre. On y distinguait cependant sa massue hérissée de pointes, ses gants garnis de têtes de clous, et son horrible baudrier, où était figurée la Mort. A ses pieds était assis le roi du pays, ayant autour de lui les principaux de l'État. Une foule immense de peuple, répandue au dedans et au dehors de la caverne, gardait un morne silence, saisie de respect, de religion et d'effroi.

Tor-Tir, leur adressant la parole à tous, leur dit : « O roi, et vous, iarles, rassemblés pour la défense des Gaules, ne croyez pas triompher de vos ennemis sans le secours du Dieu des batailles. Vos pertes vous ont fait voir ce qu'il en coûte de négliger son culte redoutable. Le sang donné aux dieux épargne celui que versent les mortels. Les dieux ne font naître les hommes que pour les faire mourir. Oh ! que vous êtes heureux que le choix de la victime ne soit point tombé sur l'un d'entre vous ! Lorsque je cherchais en moi-même quelle tête parmi nous leur serait agréable, prêt à lui offrir la mienne pour le bien de la patrie, Niorder, le dieu des mers, m'apparut dans les sombres forêts de Chartres ; il était tout dégouttant de l'onde marine. Il me dit d'une voix bruyante comme celle des tempêtes : « J'envoie, pour « le salut des Gaules, un étranger sans parents et « sans amis. Je l'ai jeté moi-même sur les rivages de « l'Occident. Son sang plaira aux dieux infernaux. » Ainsi parla Niorder. Niorder nous aime, ô enfants de Pluton ! »

A peine Tor-Tir avait achevé ces mots effroyables, qu'un Gaulois assis auprès du roi s'élança jusqu'à moi; c'était Céphas. « O Amasis, mon cher Amasis! s'écria-t-il. O cruels compatriotes! vous allez immoler un homme venu des bords du Nil pour vous apporter les biens les plus précieux de la Grèce et de l'Égypte. Vous commencerez donc par moi, qui lui en donnai le premier désir, et qui le touchai de pitié pour vous, si cruels envers lui. » En disant ces mots, il me serrait dans ses bras et me baignait de ses larmes. Pour moi je pleurais et je sanglotais, sans pouvoir lui exprimer autrement les témoigages de ma joie. Aussitôt la caverne retentit de murmures et de gémissements. Les jeunes druides pleurèrent, et laissèrent tomber de leurs mains les instruments de mon sacrifice; car la religion se tut dès que la nature parla. Cependant personne de l'assemblée n'osait encore me délivrer des mains des sacrificateurs, lorsque les femmes, se jetant au milieu d'eux, m'arrachèrent mes liens, mon bâillon et ma couronne funèbre. Ainsi ce fut pour la seconde fois que je dus la vie aux femmes dans les Gaules.

Le roi, me prenant dans ses bras, me dit: « Quoi! c'est vous, malheureux étranger, que Céphas regrettait sans cesse! O dieux ennemis de ma patrie, ne nous envoyez-vous des bienfaiteurs que pour les immoler! » Alors il s'adressa aux chefs des nations, et leur parla avec tant de force des droits de l'hu-

manité, que d'un commun accord ils jurèrent de
ne plus réduire à l'esclavage ceux que les tempêtes
jetteraient sur leurs côtes, de ne sacrifier à l'avenir
aucun homme innocent, et de n'offrir à Mars que le
sang des coupables. Tor-Tir, irrité, voulut en vain
s'opposer à cette loi : il se retira en menaçant le roi
et tous les Gaulois de la vengeance prochaine des
dieux.

Cependant le roi, accompagné de mon ami, me
conduisit, au milieu des acclamations du peuple,
dans sa ville, située dans l'île voisine. Jusqu'au moment de notre arrivée dans l'île, j'avais été si troublé,
que je n'avais été capable d'aucune réflexion. Chaque
espèce de circonstance nouvelle de mon malheur
resserrait mon cœur et obscurcissait mon esprit.
Mais dès que j'eus repris l'usage de mes sens, et
que je vins à envisager le péril extrême auquel je
venais d'échapper, je m'évanouis. Oh ! que l'homme
est faible dans la joie ! il n'est fort qu'à la douleur.
Céphas me fit revenir, à la manière des Gaulois,
en m'agitant la tête et en soufflant sur mon visage.

Dès qu'il vit que j'avais recouvré l'usage de mes
sens, il me prit les mains dans les siennes, et me
dit : « O mon ami, que vous m'avez coûté de larmes !
Dès que les flots de l'Océan qui renversèrent notre
vaisseau nous eurent séparés, je me trouvai jeté, je
ne sais comment, sur la rive droite de la Seine. Mon
premier soin fut de vous chercher. J'allumai des

feux sur le rivage; je vous appelai; j'engageai plusieurs de mes compagnons accourus à mes cris de visiter dans leurs barques les bords du fleuve, pour voir s'ils ne vous trouveraient pas ; tous nos soins furent inutiles. Le jour vint, et me montra notre vaisseau renversé, la carène en haut, tout près du rivage où j'étais. Jamais il ne me vint dans la pensée que vous eussiez pu aborder sur le rivage opposé, dans le Belgium, ma patrie. Ce ne fut que le troisième jour que, vous croyant péri, je me déterminai à y passer pour y voir mes parents. La plupart étaient morts depuis mon absence : ceux qui restaient me comblèrent d'amitiés, mais un frère même ne dédommage pas de la perte d'un ami. Je retournai presque aussitôt de l'autre côté du fleuve. On y déchargeait notre malheureux vaisseau, où rien n'avait péri que les hommes. Je cherchais votre corps sur le rivage de la mer, et je le redemandais le soir, le matin et au milieu de la nuit, aux nymphes de l'Océan, afin de vous élever un tombeau près de celui d'Héva. J'aurais passé, je crois, ma vie dans ces vaines recherches, si le roi qui règne sur les bords de ce fleuve, informé qu'un vaisseau phénicien avait péri dans ses domaines, n'en avait réclamé les effets, qui lui appartenaient suivant les lois des Gaules. Je fis donc rassembler tout ce que nous avions apporté de l'Égypte, jusqu'aux arbres mêmes, qui n'avaient pas été endommagés par l'eau, et je me rendis avec ces débris auprès de ce prince. Bénissons donc la

providence des dieux, qui nous a réunis, et qui a
rendu vos maux encore plus utiles à ma patrie que
vos présents. Si vous n'eussiez pas fait naufrage sur
nos côtes, on n'y eût pas aboli la coutume barbare
de condamner à l'esclavage ceux qui y périssent;
et si vous n'eussiez pas été condamné à être sacrifié,
je ne vous aurais peut-être jamais revu, et le sang
des innocents fumerait encore sur les autels du dieu
Mars. »

Ainsi parla Céphas. Pour le roi, il n'oublia rien de
ce qui pouvait me faire oublier le souvenir de mes
malheurs. Il s'appelait Bardus. Il était déjà avancé
en âge, et il portait, comme son peuple, la barbe et
les cheveux longs. Son palais était bâti de troncs de
sapins couchés les uns sur les autres. Il n'y avait
pour portes que de grands cuirs de bœuf qui en
fermaient les ouvertures. Personne n'y faisait la
garde, car il n'avait rien à craindre de ses sujets;
mais il avait employé toute son industrie pour fortifier sa ville contre les ennemis du dehors. Il l'avait
entourée de murs faits de troncs d'arbres entremêlés
de mottes de gazon, avec des tours de pierres aux
angles et aux portes. Il y avait au haut de ces tours
des sentinelles qui veillaient jour et nuit. Le roi
Bardus avait eu cette île de la nymphe Lutétia, sa
mère, dont elle portait le nom. Elle n'était d'abord
couverte que d'arbres, et Bardus n'avait pas un seul
sujet. Il s'occupait à tordre, sur le bord de son île,
des câbles d'écorce de tilleul, et à creuser des aunes

12

pour en faire des bateaux. Il vendait les ouvrages de
ses mains aux mariniers qui descendaient ou remon-
taient la Seine. Pendant qu'il travaillait, il chantait
les avantages de l'industrie et du commerce, qui
lient tous les hommes. Les bateliers s'arrêtaient
souvent pour écouter ses chansons. Ils les répétaient
et les répandaient dans toutes les Gaules, où elles
étaient connues sous le nom de *vers bardes*. Bientôt
il vit des gens s'établir dans son île pour l'entendre
chanter, et pour y vivre avec plus de sûreté. Ses
richesses s'accrurent avec ses sujets. L'île se couvrit
de maisons, les forêts voisines se défrichèrent, et
des troupeaux nombreux peuplèrent bientôt les deux
rivages voisins. C'est ainsi que ce bon roi s'était
formé un empire sans violence. Mais lorsque son île
n'était pas encore entourée de murs, et qu'il son-
geait déjà à en faire le centre du commerce dans
toutes les Gaules, la guerre pensa en exterminer les
habitants.

Un jour, un grand nombre de guerriers qui re-
montaient la Seine en canots d'écorce d'orme débarquèrent sur son rivage septentrional, tout vis-à-vis
de Lutétia. Ils avaient à leur tête le iarle Carnut,
troisième fils de Tendal, prince du Nord. Carnut
venait de ravager toutes les côtes de la mer Hyper-
borée, où il avait jeté l'épouvante et la désolation.
Il était favorisé en secret, dans les Gaules, par les
druides, qui, comme tous les hommes faibles, in-
clinent toujours pour ceux qui se rendent redou-

tables. Dès que Carnut eut mis pied à terre, il vint trouver le roi Bardus, et lui dit : « Combattons, toi et moi, à la tête de nos guerriers : le plus faible obéira au plus fort, car la première loi de la nature est que tout cède à la force. » Le roi Bardus lui répondit : « O Carnut, s'il ne s'agissait que d'exposer ma vie pour défendre mon peuple, je le ferais très volontiers ; mais je n'exposerais pas la vie de mon peuple quand il s'agirait de sauver la mienne. C'est la bonté, et non la force, qui doit choisir les rois. La bonté seule gouverne le monde, et elle emploie, pour le gouverner, l'intelligence et la force, qui lui sont subordonnées, comme toutes les puissances de l'univers. Vaillant fils de Tendal, puisque tu veux gouverner les hommes, voyons qui de toi ou de moi est le plus capable de leur faire du bien. Voilà de pauvres Gaulois tout nus. Sans reproche, je les ai plusieurs fois vêtus et nourris, en me refusant à moi-même des habits et des aliments. Voyons si tu sauras pourvoir à leurs besoins.

Carnut accepta le défi. C'était en automne. Il fut à la chasse avec ses guerriers. Il tua beaucoup de chevreuils, de cerfs, de sangliers et d'élans. Il donna ensuite, avec la chair de ces animaux, un grand festin à tout le peuple de Lutétia, et vêtit de leurs peaux ceux des habitants qui étaient nus. Le roi Bardus lui dit : « Fils de Tendal, tu es un grand chasseur : tu nourriras le peuple dans la saison de la chasse ; mais au printemps et en été il mourra de faim. Pour moi, avec mes blés, la laine de mes brebis et le lait de mes troupeaux, je puis l'entretenir toute l'année. »

Carnut ne répondit rien; mais il resta campé avec ses guerriers sur le bord du fleuve, sans vouloir se retirer.

Bardus, voyant son obstination, fut le trouver à son tour, et lui proposa un autre défi. « La valeur, lui dit-il, convient à un chef de guerre; mais la patience est encore plus nécessaire aux rois. Puisque tu veux régner, voyons qui de nous deux portera le plus longtemps cette longue solive. » C'était le tronc d'un chêne de trente ans. Carnut le prit sur son dos; mais, impatient, il le jeta promptement par terre. Bardus le chargea sur ses épaules, et le porta, sans remuer, jusque après le coucher du soleil et bien avant dans la nuit.

Cependant Carnut et ses guerriers ne s'en allaient point. Ils passèrent ainsi tout l'hiver, occupés de la chasse. Le printemps venu, ils menaçaient de détruire une ville naissante qui refusait de leur obéir, et ils étaient d'autant plus à craindre qu'ils manquaient alors de nourriture. Bardus ne savait comment s'en défaire; car ils étaient les plus forts. En vain il consultait les plus anciens de son peuple; personne ne pouvait lui donner de conseils. Enfin il exposa son embarras à sa mère Lutétia, qui était fort âgée, mais qui avait un grand sens.

Lutétia lui dit: « Mon fils, vous savez quantité

d'histoires anciennes et curieuses que je vous ai apprises dès votre enfance, vous excellez à les chanter : défiez le fils de Tendal aux chansons. »

Bardus fut trouver Carnut et lui dit : « Fils de Tendal, il ne suffit pas à un roi de nourrir ses sujets et d'être ferme et constant dans les travaux ; il doit savoir bannir de leur pensée les opinions qui les rendent malheureux, car ce sont les opinions qui font agir les hommes, et qui les rendent bons ou méchants. Voyons qui de toi ou de moi régnera sur leurs esprits. Ce ne fut point par des combats qu'Hercule se fit suivre dans les Gaules, mais par des chants divins qui sortaient de sa bouche comme des chaînes d'or, enchaînaient les oreilles de ceux qui l'écoutaient et les forçaient à le suivre. »

Carnut accepta avec joie ce troisième défi. Il chanta les combats des dieux du Nord sur les glaces, les tempêtes de Niorder sur les mers, les ruses de Vidar dans les airs, les ravages de Thor sur la terre, et l'empire de Horder dans les enfers. Il y joignit le récit de ses propres victoires ; et ses chants firent passer une grande fureur dans le cœur de ses guerriers, qui paraissaient prêts à tout détruire.

Pour le roi Bardus, voici ce qu'il chanta : « Je chante l'aube du matin, les premiers rayons de l'aurore qui ont lui sur les Gaules, l'empire de Pluton, les bienfaits de Cérès, et le malheur de l'enfant Loïs. Écoutez mes chants, esprits des fleuves, et répétez-les aux esprits des montagnes bleues.

« Cérès venait de chercher par toute la terre sa
fille Proserpine. Elle retournait dans la Sicile, où
elle était adorée. Elle traversait les Gaules sauvages,
leurs montagnes sans chemin, leurs vallées désertes
et leurs sombres forêts, lorsqu'elle se trouva arrêtée
par les eaux de la Seine, sa nymphe changée en
fleuve.

« Sur la rive opposée de la Seine se baignait alors
un bel enfant aux cheveux blonds, appelé Loïs. Il
aimait à nager dans ses eaux transparentes, et à
courir tout nu sur les pelouses solitaires. Dès qu'il
aperçut une femme, il fut se cacher sous une touffe
de roseaux.

« Mon bel enfant, lui cria Cérès en soupirant,
« venez à moi, mon bel enfant! » A la voix d'une
femme affligée, Loïs sort des roseaux. Il met en rou-
gissant sa peau d'agneau, suspendue à un saule. Il
traverse la Seine sur un banc de sable, et, présentant
la main à Cérès, il lui montre un chemin au milieu
des eaux.

« Cérès, ayant passé le fleuve, donne à l'enfant
Loïs un gâteau, une gerbe d'épis et un baiser; puis
lui apprend comment le pain se fait avec le blé, et
comment le blé vient dans les champs. « Grand
merci, belle étrangère, lui dit Loïs, je vais porter à
ma mère vos leçons et vos doux présents. »

« La mère de Loïs partage avec son enfant et son
époux le gâteau et le baiser. Le père, ravi, cultive
un champ, sème le blé. Bientôt la terre se couvre

d'une moisson dorée, et le bruit se répand dans les Gaules qu'une déesse a apporté une plante céleste aux Gaulois.

« Près de là vivait un druide. Il avait l'inspection des forêts. Il distribuait aux Gaulois, pour leur nourriture, les faînes des hêtres et les glands des chênes. Quand il vit une terre labourée et une moisson : « Que deviendra ma puissance, dit-il, si les hommes « vivent de froment? »

« Il appelle Loïs. « Mon bel ami, lui dit-il, où « étiez-vous quand vous vîtes l'étrangère aux beaux « épis? » Loïs, sans malice, le conduit sur les bords de la Seine. « J'étais, dit-il, sous ce saule argenté: « je courais sur ces blanches marguerites; je fus me « cacher sous ces roseaux, car j'étais nu. » Le traître druide sourit: il saisit Loïs, et le noie au fond des eaux.

« La mère de Loïs ne revoit plus son fils. Elle s'en va dans les bois, et s'écrie : « Où êtes-vous, « Loïs, Loïs, mon cher enfant? » Les seuls échos répètent : Loïs, Loïs, mon cher enfant! Elle court tout éperdue le long de la Seine. Elle aperçoit sur son rivage une blancheur. « Il n'est pas loin, dit- « elle : voilà ses fleurs chéries, voilà ses blanches « marguerites. » Hélas ! c'était Loïs, Loïs, son cher enfant.

« Elle pleure, elle gémit, elle soupire; elle prend dans ses bras tremblants le corps glacé de Loïs; elle veut le ranimer contre son cœur, mais le cœur de la mère ne peut plus réchauffer le corps du fils, et le corps du fils glace déjà le cœur de la mère : elle est près de mourir. Le druide, monté sur un roc voisin, s'applaudit de sa vengeance.

« Les dieux ne viennent pas toujours à la voix des malheureux; mais aux cris d'une mère affligée, Cérès apparut. « Loïs, dit-elle, sois la plus belle fleur des « Gaules. » Aussitôt les joues pâles de Loïs se développent en calice plus blanc que la neige, ses cheveux blonds se changent en filets d'or. Une odeur suave s'en exhale. Sa taille légère s'élève vers le ciel; mais sa tête penche encore sur les bords du fleuve qu'il a chéri. Loïs devient lis.

« Le prêtre de Pluton voit ce prodige, et n'en est point touché. Il lève vers les dieux supérieurs un visage et des yeux irrités. Il blasphème ; il menace Cérès; il allait porter sur elle une main impie, lorsqu'elle lui cria : « Tyran cruel et dur, de- « meure. »

« A la voix de la déesse, il reste immobile. Mais le roc ému s'entr'ouvre, les jambes du druide s'y enfoncent; son visage barbu et enflammé de colère se dresse vers le ciel en pinceau de pourpre, et les vêtements qui couvraient ses bras meurtris se hérissent d'épines. Le druide devient chardon.

« Toi, dit la déesse des blés, qui voulais nourrir « les hommes comme les bêtes, deviens toi-même la « pâture des animaux. Sois l'ennemi des moissons « après ta mort, comme tu le fus pendant ta vie.

« Pour toi, belle fleur de Loïs, sois l'ornement de
« la Seine, et que, dans la main de ses rois, ta
« fleur victorieuse l'emporte un jour sur le gui des
« druides. »

« Braves suivants de Carnut, venez habiter ma
ville. La fleur de Loïs parfume mes jardins ; de
jeunes filles chantent jour et nuit son aventure dans
mes champs. Chacun s'y livre à un travail facile et
gai ; et mes greniers, aimés de Cérès, rompent sous
l'abondance des blés. »

A peine Bardus avait fini de chanter, que les
guerriers du Nord, qui mouraient de faim, abandonnèrent le fils de Tendal, et se firent habitants de
Lutétia. « Oh ! me disait souvent ce bon roi, que
n'ai-je ici quelque fameux chantre de la Grèce ou
de l'Égypte pour policer l'esprit de mes sujets !
Rien n'adoucit le cœur des hommes comme de
beaux chants. Quand on sait faire des vers et de
belles fictions, on n'a pas besoin de sceptre pour
régner. »

Il me mena voir avec Céphas le lieu où il avait fait
planter les arbres et les graines réchappées de notre
naufrage. C'était sur les flancs d'une colline exposée
au midi. Je fus pénétré de joie quand je vis les arbres
que nous avions apportés pleins de suc et de vigueur.
Je reconnus d'abord l'arbre aux coings de Crète à
ses fruits cotonneux et odorants ; le noyer de Jupiter, d'un vert lustré ; l'avelinier, le figuier, le peuplier, le poirier du mont Ida, avec ses fruits en pyra-

mides : tous ces arbres venaient de l'île de Crète. Il
y avait encore des vignes de Thasos et de jeunes
châtaigniers de l'île de Sardaigne. Je voyais un grand
pays dans un petit jardin. Il y avait parmi ces végétaux quelques plantes qui étaient mes compatriotes,
entre autres le chanvre et le lin. C'étaient celles qui
plaisaient le plus au roi à cause de leur utilité. Il
avait admiré les toiles qu'on faisait en Égypte, plus
durables et plus souples que les peaux dont s'habil-
laient la plupart des Gaulois. Le roi prenait plaisir à
arroser lui-même ces plantes et à en ôter les mauvaises herbes. Déjà le chanvre, d'un beau vert,
portait toutes ses têtes égales à la hauteur d'un
homme, et le lin en fleur couvrait la terre d'un
nuage d'azur.

Pendant que nous nous livrions, Céphas et moi,
au plaisir d'avoir fait du bien, nous apprîmes que
les Bretons, fiers de leurs derniers succès, non con-
tents de disputer aux Gaulois l'empire de la mer qui
les sépare, se préparaient à les attaquer par mer et
à remonter la Seine, afin de porter le fer et le feu
jusqu'au milieu de leur pays. Ils étaient partis dans
un nombre prodigieux de barques, d'un promontoire
de leur île qui n'est séparé du continent que par un
petit détroit. Ils côtoyaient le rivage des Gaules et
ils étaient près d'entrer dans la Seine, dont ils avaient
franchi les dangers en se mettant dans les anses à
l'abri des fureurs de Neptune. L'invasion des Bretons
fut sue dans toutes les Gaules au moment où ils

commencèrent à l'exécuter; car les Gaulois allument des feux sur les montagnes, et, par le nombre de ces feux et l'épaisseur de leur fumée, ils donnent des avis qui volent plus promptement que les oiseaux.

A la nouvelle du départ des Bretons, les troupes confédérées des Gaules se mirent en route pour défendre l'embouchure de la Seine. Elles marchaient sous les enseignes de leurs chefs: c'étaient des peaux de loup, d'ours, de vautour, d'aigle, ou de quelque autre animal malfaisant, suspendues au bout d'une gaule. Celle du roi Bardus et de son île était la figure d'un vaisseau, symbole du commerce. Céphas et moi nous accompagnâmes le roi dans cette expédition. En peu de jours toutes les troupes gauloises se rassemblèrent sur le bord de la mer.

Trois avis furent ouverts pour la défense de son rivage. Le premier fut d'y enfoncer des pieux pour empêcher les Bretons de débarquer; ce qui était d'une facile exécution, attendu que nous étions en grand nombre, et que la forêt était voisine. Le deuxième fut de les combattre au moment où ils débarqueraient; le troisième, de ne pas exposer les troupes à découvert à la descente des ennemis, mais de les attaquer lorsque, ayant mis pied à terre, ils s'engageraient dans les bois et les vallées. Aucun de ces avis ne fut suivi; car la discorde était parmi les chefs des Gaulois. Tous voulaient commander, et aucun d'eux n'était disposé à obéir. Pendant qu'ils

délibéraient, l'ennemi parut, et il débarqua au moment
où ils se mettaient en ordre.

Nous étions perdus sans Céphas. Avant l'arrivée
des Bretons, il avait conseillé au roi Bardus de diviser en deux sa troupe, composée des habitants de
Lutétia, et de se mettre en embuscade avec la meilleure partie dans les bois qui couvraient le revers de
la montagne d'Héva, tandis que lui, Céphas, com-
battrait les ennemis avec l'autre partie, jointe au
reste des Gaulois. Je priai Céphas de détacher de sa
division les jeunes gens qui brûlaient, comme moi,
d'en venir aux mains, et de m'en donner le com-
mandement. « Je ne crains point les dangers, lui
dis-je; j'ai passé par toutes les épreuves que les
prêtres de Thèbes font subir aux initiés, et je n'ai
point eu peur. Céphas balança quelques moments.
Enfin il me confia les jeunes gens de sa troupe, en
leur recommandant, ainsi qu'à moi, de ne pas s'é-
carter de sa division.

L'ennemi cependant mit pied à terre. A sa vue,
beaucoup de Gaulois s'avancèrent vers lui en jetant
de grands cris; mais comme ils l'attaquaient par
petites troupes, ils en furent aisément repoussés;
et il aurait été impossible d'en rallier un seul, s'ils
n'étaient venus se remettre en ordre derrière nous.
Nous aperçûmes bientôt les Bretons qui marchaient
pour nous attaquer. Les jeunes gens que je com-
mandais s'ébranlèrent alors, et nous marchâmes aux
Bretons, sans nous embarrasser si le reste des Gau-

lois nous suivait. Quand nous fûmes à la portée du trait, nous vîmes que les ennemis ne formaient qu'une seule colonne, grosse, longue et épaisse, qui s'avançait vers nous à petits pas, tandis que leurs barques se hâtaient d'entrer dans le fleuve pour nous prendre à revers. Je l'avoue, je fus ébranlé à la vue de cette multitude de barbares demi-nus, peints de rouge et de bleu, qui marchaient en silence dans le plus grand ordre. Mais lorsqu'il sortit tout à coup de cette colonne silencieuse des nuées de dards, de flèches, de cailloux et de balles de plomb, qui renversèrent plusieurs d'entre nous en les perçant de part en part, alors mes compagnons prirent la fuite. J'allais oublier moi-même que j'avais l'exemple à leur donner, lorsque je vis Céphas à mes côtés : il était suivi de toute l'armée. « Invoquons Hercule, me dit-il, et chargeons. » La présence de mon ami me rendit mon courage. Je restai à mon poste et nous chargeâmes, les piques baissées. Le premier ennemi que je rencontrai fut un habitant des îles Hébrides. Il était d'une taille gigantesque. L'aspect de ses armes inspirait l'horreur ; ses épaules et sa tête étaient couvertes d'une peau de raie épineuse ; il portait au cou un collier de mâchoires d'homme, et il avait pour lance le tronc d'un jeune sapin armé d'une dent de baleine. « Que demandes-tu à Hercule ? me dit-il. Le voici qui vient à toi. » En même temps il me porta un coup de son énorme lance avec tant de furie, que, si elle m'eût

atteint, elle m'eût cloué en terre, où elle entra bien
avant. Pendant qu'il s'efforçait de la ramener à lui,
je lui perçai la gorge de l'épieu dont j'étais armé :
il en sortit aussitôt un jet de sang noir et épais, et ce
Breton tomba en mordant la terre et en blasphémant
les dieux.

Cependant nos troupes, réunies en un seul corps,
étaient aux prises avec la colonne des ennemis.
Les massues frappaient les massues, les boucliers
poussaient les boucliers, les lances se croisaient
avec les lances. Ainsi deux fiers taureaux se disputent l'empire des prairies : leurs cornes sont entre-
lacées; leurs fronts se heurtent; ils se poussent en
mugissant; et, soit qu'ils reculent ou qu'ils avancent, ces deux rivaux ne se séparent point. Ainsi
nous combattions corps à corps. Cependant cette
colonne, qui nous surpassait en nombre, nous acca-
blait de son poids, lorsque le roi Bardus vint la
charger en queue, à la tête de ses soldats qui jetaient de grands cris. Aussitôt une terreur panique
saisit ces barbares, qui avaient cru nous envelopper,
et qui l'étaient eux-mêmes. Ils abandonnèrent leurs
rangs, et s'enfuirent vers les bords de la mer pour
regagner leurs barques qui étaient loin de là. On en
fit alors un grand massacre, et on prit beaucoup de
prisonniers.

Après la bataille, je dis à Céphas : « Les Gaulois
doivent la victoire au conseil que vous avez donné
au roi; pour moi, je vous dois l'honneur. J'avais

demandé un poste que je ne connaissais pas. Il fallait
y donner l'exemple, et j'en étais incapable, lorsque
votre présence m'a rassuré. Je croyais que les ini-
tiations de l'Égypte m'avaient fortifié contre tous les
dangers; mais il est aisé d'être brave dans un péril
dont on est sûr de sortir. » Céphas me répondit :
« O Amasis! il y a plus de force à avouer ses fautes
qu'il n'y a de faiblesse à les commettre. C'est Hercu-
cule qui nous a donné la victoire; mais, après lui,
c'est la surprise qui a ôté le courage à nos ennemis,
et qui avait ébranlé le vôtre. La valeur militaire
s'apprend par l'exercice, comme toutes les autres
vertus. Nous devons en tout temps nous méfier de
nous-mêmes. En vain nous nous appuyons sur notre
expérience, nous ne devons compter que sur le
secours des dieux. Pendant que nous nous cuiras-
sons d'un côté, la fortune nous frappe de l'autre.
La seule confiance dans les dieux couvre un homme
tout entier. »

On consacra à Hercule une partie des dépouilles
des Bretons. Les druides voulaient qu'on brûlât les
ennemis prisonniers, parce que ceux-ci en usent de
même à l'égard des Gaulois qu'ils ont pris dans les
batailles. Mais je me présentai dans l'assemblée des
Gaulois, et je leur dis : « O peuples, vous voyez par
mon exemple si les dieux approuvent les sacrifices
humains. Ils ont remis la victoire dans vos mains
généreuses : la souillerez-vous dans le sang des malheureux? N'y a-t-il pas eu assez de sang versé dans

la fureur du combat? En répandrez-vous maintenant sans colère et dans la joie du triomphe? Vos ennemis immolent leurs prisonniers, surpassez-les en générosité, comme vous les surpassez en courage. » Les iarles et tous les guerriers applaudirent à mes paroles. Ils décidèrent que les prisonniers de guerre seraient désormais réduits à l'esclavage.

Je fus donc cause qu'on abolit la loi qui les condamnait au feu. C'était aussi à mon occasion qu'on avait abrogé la coutume de sacrifier des innocents à Mars, et de réduire les naufragés en servitude. Ainsi je fus trois fois utile aux hommes dans les Gaules, une fois par mes succès, et deux fois par mes malheurs : tant il est vrai que les dieux tirent le bien du mal quand il leur plaît !

Nous revînmes à Lutétia, comblés par les peuples d'honneurs et d'applaudissements. Le premier soin du roi à son arrivée fut de nous mener voir son jardin. La plupart de nos arbres étaient en rapport. Il admira d'abord comment la nature avait préservé leurs fruits de l'attaque des oiseaux. La châtaigne, encore en lait, était couverte de cuir et d'une coque épineuse. La noix tendre était protégée par une dure coquille et par un brou amer. Les fruits nous étaient défendus avant leur maturité par leur âpreté, leur acidité ou leur verdeur. Ceux qui étaient mûrs invitaient à les cueillir. Les abricots dorés, les pêches veloutées et les coings cotonneux exhalaient les plus doux parfums. Les rameaux du prunier étaient couverts de fruits violets saupoudrés de poudre blanche. Les grappes, déjà vermeilles, pendaient à la vigne ; et sur les larges feuilles du figuier la figue entr'ouverte laissait couler son suc en gouttes de miel et de cristal. « On voit bien, dit le roi, que ces fruits sont des présents des dieux. Ils ne sont pas, comme les semences des arbres de nos forêts, à une hauteur où on ne puisse atteindre : ils sont à la portée de la main. Leurs riantes couleurs appellent les yeux, leurs doux parfums, l'odorat, et ils semblent formés pour la bouche, par leur forme et leur rondeur. » Mais quand ce bon roi en eut savouré le goût : « O vrai présent de Jupiter ! dit-il ; aucun mets préparé par l'homme ne leur est comparable ; ils surpassent en douceur le miel et la crème. O mes chers amis, mes respectables hôtes ! vous avez donné plus que mon royaume, vous avez apporté dans les Gaules sauvages une portion de la délicieuse Égypte. Je préfère un seul de ces arbres à toutes les mines d'étain qui rendent les Bretons si riches et si fiers. »

Il fit appeler les principaux habitants de la cité, et il voulut que chacun d'eux goûtât de ces fruits merveilleux. Il leur recommanda d'en conserver précieusement les semences, et de les mettre en terre dans leur saison. A la joie de ce bon roi et de son peuple, je sentis que le plus grand plaisir de l'homme est de faire du bien à ses semblables. Céphas me dit : « Il est temps de montrer à mes com-

patriotes l'usage des arts de l'Égypte. J'ai sauvé du
vaisseau naufragé la plupart de mes machines; mais
jusqu'ici elles sont restées inutiles, sans que j'osasse
même les regarder; car elles me rappelaient trop
vivement le souvenir de votre perte. Voici le moment de nous en servir. Ces froments sont murs,
cette chènevière et ces lins ne tarderont pas à
l'être. »

Quand on eut recueilli ces plantes, nous apprîmes au roi et à son peuple l'usage des moulins
pour réduire le blé en farine, et les divers apprêts
qu'on donne à la pâte pour en faire du pain. Avant
notre arrivée, les Gaulois mondaient le blé, l'avoine
et l'orge de leurs écorces en les battant avec des
pilons de bois dans des troncs d'arbres creusés, et
ils se contentaient de faire bouillir ces grains pour
leur nourriture. Nous leur montrâmes ensuite à
faire rouir le chanvre dans l'eau pour le séparer de
son chaume, à le sécher, à le briser, à le teiller, à
le peigner, à le filer, et à tordre ensemble plusieurs
de ses fils pour en faire des cordes. Nous leur fîmes
voir comment des cordes, par leur force et leur
souplesse, deviennent propres à être les nerfs de
toutes leurs machines. Nous leur enseignâmes à
tendre les fils de lin sur les métiers, pour en faire
de la toile au moyen de la navette, et comment
ces doux travaux font passer aux jeunes filles de
longues nuits de l'hiver dans l'innocence et dans la
joie.

Nous leur apprîmes l'usage de la tarière, de l'her-
minette, du rabot et de la scie, inventée par l'ingénieux Dédale ; comment ces outils donnent à l'homme
de nouvelles mains, et façonnent à son usage une
multitude d'arbres dont les bois se perdent dans
les forêts. Nous leur enseignâmes à tirer de leurs
troncs noueux de grosses vis et de lourds pressoirs,
propres à exprimer le jus d'une infinité de fruits,
et à extraire des huiles des plus durs noyaux. Ils ne
recueillirent pas beaucoup de raisin de nos vignes ;
mais nous leur donnâmes un grand désir d'en multiplier les ceps, non seulement par l'excellence de
leurs fruits, mais en leur faisant goûter des vins de
Crète et de l'île de Thasos, que nous avions sauvés
dans des urnes.

Après leur avoir montré l'usage d'une infinité de
biens que la nature a placés sur la terre à la vue
de l'homme, nous leur apprîmes à découvrir ceux
qu'elle a mis sous ses pieds : comment on peut trouver de l'eau dans les lieux les plus éloignés des
fleuves, au moyen des puits inventés par Danaüs ;
de quelle manière on découvre les métaux ensevelis
dans le sein de la terre ; comment, après les avoir fait
fondre en lingots, on les forge sur l'enclume pour
les diviser en tables et en lames ; comment, par des
travaux plus faciles, l'argile se façonne, sur la roue
du potier, en figures et en vases de toutes les formes.
Nous les surprîmes bien davantage en leur montrant
des bouteilles de verre faites avec du sable et des

cailloux. Ils étaient ravis d'étonnement de voir la
liqueur qu'elles renfermaient se manifester à la vue
et échapper à la main. Mais quand nous leur lûmes
les livres de Mercure Trismégiste, qui traitent des
arts libéraux et des sciences naturelles, ce fut alors
que leur admiration n'eut plus de bornes. D'abord
ils ne pouvaient comprendre que la parole pût sortir
d'un livre muet, et que les pensées des premiers
Égyptiens eussent pu se transmettre jusqu'à eux sur
des feuilles fragiles de papyrus. Quand ils entendirent ensuite le récit de nos découvertes, qu'ils
virent les prodiges de la mécanique, qui remue avec
de petits leviers les plus lourds fardeaux, et ceux
de la géométrie, qui mesure des distances inaccessibles, ils étaient hors d'eux-mêmes. Les merveilles
de la chimie et de la magie, les divers phénomènes
de physique les faisaient passer de ravissement en
ravissement. Mais lorsque nous leur eûmes prédit
une éclipse de lune, qu'ils regardaient avant notre
arrivée comme une défaillance accidentelle de cette
planète, et qu'ils virent, au moment que nous leur
indiquâmes, l'astre de la nuit s'obscurcir dans un
ciel serein, ils tombèrent à nos pieds en disant:
« Certainement vous êtes des dieux! » Omfi, ce
jeune druide qui avait paru si sensible à mes malheurs, assistait à toutes nos instructions. Il nous
dit : « A vos lumières et à vos bienfaits, je suis tenté
d vous prendre pour quelques-uns des dieux supérieurs ; mais aux maux que vous avez soufferts,

je vois que vous n'êtes que des hommes comme nous. Sans doute vous avez trouvé quelque moyen de monter dans le ciel, ou les habitants du ciel sont descendus dans l'heureuse Égypte pour vous communiquer tant de biens et tant de lumières. Vos sciences et vos arts surpassent notre intelligence, et ne peuvent être que les effets d'un pouvoir divin. Vous êtes les enfants chéris des dieux supérieurs: pour nous, Jupiter nous a abandonnés aux dieux infernaux. Notre pays est couvert de stériles forêts habitées par des génies malfaisants, qui sèment notre vie de discordes, de guerres civiles, de terreurs, d'ignorances et d'opinions malheureuses. Notre sort est mille fois plus déplorable que celui des bêtes, qui, vêtues, logées et nourries par la nature, suivent leur instinct sans s'égarer, et ne craignent point les enfers.

— Les dieux, répondit Céphas, n'ont été injustes envers aucun pays ni à l'égard d'aucun homme. Chaque pays a des biens qui lui sont particuliers, et qui servent à entretenir la communication entre tous les peuples par des échanges réciproques. La Gaule a des métaux que l'Égypte n'a pas; ses forêts sont plus belles; ses troupeaux ont plus de lait, et ses brebis plus de toisons. Mais, dans quelque lieu que l'homme habite, son partage est toujours fort supérieur à celui des bêtes, parce qu'il a une raison qui se développe à proportion des obstacles qu'elle surmonte; qu'il peut, seul des animaux,

appliquer à son usage des moyens auxquels rien
ne peut résister, tels que le feu. Ainsi Jupiter lui
a donné l'empire sur la terre, en éclairant sa raison et l'intelligence même de la nature, et en ne
confiant qu'à lui l'élément qui en est le premier
moteur. »

Céphas parla ensuite à Omfi et aux Gaulois des
récompenses réservées dans un autre monde à la
vertu et à la bienfaisance, et des punitions destinées
au vice et à la tyrannie ; de la métempsycose, et des
autres mystères de la religion de l'Égypte, autant
qu'il est permis à un étranger de les connaître. Les
Gaulois, consolés par ses discours et par nos présents, nous appelaient leurs bienfaiteurs, leurs pères,
les vrais interprètes des dieux. Le roi Bardus nous
dit : « Je ne veux adorer que Jupiter. Puisque Jupiter aime les hommes, il doit protéger particulièrement les rois, qui sont chargés du bonheur des
nations. Je veux aussi honorer Isis, qui a apporté
ses bienfaits sur la terre, afin qu'elle présente au
roi des dieux les vœux de mon peuple. » En même
temps il ordonna qu'on élevât un temple à Isis, à
quelque distance de la ville, au milieu de la forêt ;
qu'on y plaçât sa statue avec l'enfant Orus dans ses
bras, telle que nous l'avions apportée dans le vaisseau ; qu'elle fût servie avec toutes les cérémonies de
l'Égypte ; que ses prêtresses, vêtues de lin, l'hono-
rassent nuit et jour par des chants et par une vie pure
qui approche l'homme des dieux.

Ensuite il voulut apprendre à connaître et à tracer les caractères ioniques. Il fut si frappé de l'utilité de l'écriture, que, dans un transport de sa joie, il chanta ces vers :

« Voici des caractères magiques, qui peuvent évoquer les morts du sein des tombeaux. Ils nous apprendront ce que nos pères ont pensé il y a mille ans; et dans mille ans ils instruiront nos enfants de ce que nous pensons aujourd'hui. Il n'y a point de flèche qui aille aussi loin, ni de lance aussi forte. Ils atteindraient un homme retranché au haut d'une montagne, ils pénètrent dans la tête malgré le casque, et traversent le cœur malgré la cuirasse. Ils calment les séditions, ils donnent de sages conseils, ils font aimer, ils consolent, ils fortifient; mais si quelque homme méchant en fait usage, ils produisent un effet contraire. »

Nous ne trouvâmes, en traversant les Gaules, aucun culte raisonnable de la Divinité, si ce n'est qu'un soir, en arrivant sur le haut de la montagne couverte de neige, nous y aperçûmes un feu au milieu d'un bois de hêtres et de sapins. Un rocher moussu taillé en forme d'autel lui servait de foyer. Il y avait de grands amas de bois sec, et des peaux d'ours et de loup étaient suspendues aux rameaux des arbres voisins. On n'apercevait d'ailleurs autour de cette solitude, dans toute l'étendue de l'horizon, aucune marque du séjour des hommes. Nos guides nous dirent que ce lieu était consacré au dieu des voyageurs. Ce mot consacré me fit frémir. Je dis à Céphas : « Éloignons-nous d'ici, tout autel m'est suspect dans les Gaules. Je n'honore désormais la Divinité que dans les temples de l'Égypte. — Pour moi, me répondit Céphas, je sacrifie à tous les autels où l'on soulage les maux du genre humain. » Alors il se prosterna, et fit sa prière; ensuite il jeta dans le feu un tronçon de sapin et des branches de genévrier, qui parfumèrent les airs en pétillant. J'imitai son exemple; après quoi nous fûmes nous asseoir au pied d'un rocher, dans un lieu tapissé de mousse et abrité du vent du nord; et nous étant couverts de peaux suspendues aux arbres, malgré la rigueur du froid nous passâmes la nuit chaudement. Le matin venu, nos guides nous dirent que nous marcherions jusqu'au soir sur des hauteurs semblables, sans trouver ni bois, ni feu, ni habitation. Nous bénîmes une seconde fois la Providence de l'asile qu'elle nous avait donné ; nous mîmes religieusement nos pelleteries aux rameaux de sapins; nous jetâmes de nouveau bois dans le foyer; et avant de nous mettre en route, je gravai ces mots sur l'écorce d'un hêtre :

CÉPHAS ET AMASIS
ONT ADORÉ ICI LE DIEU
QUI PREND SOIN DES VOYAGEURS

FIN DE L'EXTRAIT DE L'ARCADIE

MORCEAUX CHOISIS

ÉTUDES DE LA NATURE

—◆—

LES NUAGES

J'ai aperçu dans les nuages des tropiques, principalement sur la mer et dans les tempêtes, toutes les couleurs qu'on peut voir sur la terre. Il y en avait alors de cuivrées, de brunes, de noires, de grises, de livides. Quant à celles qui y paraissent dans les jours sereins, il y en a de si vives et de si éclatantes qu'on n'en verra jamais de semblables dans aucun palais, quand on rassemblerait toutes les pierres du Mogol. Quelquefois les vents alizés du nord-ouest où du sud-est, qui y soufflent constamment, cardent les nuages comme si c'étaient des flocons de soie; puis ils les chassent à l'occident,

en les croisant les uns sur les autres comme les mailles
d'un panier à jour. Ils jettent sur les côtés de ce
réseau les nuages qu'ils n'ont pas employés, et qui
ne sont pas en petit nombre; ils les roulent en énormes masses blanches comme la neige, les contour-
nent sur leurs bornes en forme de croupe, et les
entassent les uns sur les autres comme les Cordillères du Pérou, en leur donnant des formes de montagnes, de cavernes et de rochers; ensuite, vers le
soir, ils calmissent un peu, comme s'ils craignaient
de déranger leur ouvrage. Quand le soleil vient à
descendre derrière ce magnifique réseau, on voit
passer par tous ces losanges une multitude de rayons
lumineux qui y font un tel effet, que les deux côtés
de chaque losange qui en sont éclairés paraissent
relevés d'un filet d'or, et les deux autres, qui devaient être dans l'ombre, sont teints d'un superbe
nacarat. Quatre ou cinq gerbes de lumière, qui
s'élèvent du soleil couchant jusqu'au zénith, bordent
de franges d'or les sommets indécis de cette barrière
céleste, et vont frapper des reflets de leurs feux les
pyramides des montagnes aériennes collatérales, qui
semblent alors être d'argent et de vermillon. C'est
dans ce moment qu'on aperçoit, au milieu de leurs
croupes redoublées, une multitude de vallons qui
s'étendent à l'infini, en se distinguant à leur ouverture par quelque nuance de couleur de chair ou de
rose. Ces vallons célestes présentent, dans leurs
divers contours, des teintes inimitables de blanc,

ou des ombres qui se plongent, sans se confondre, sur d'autres ombres. Vous voyez çà et là sortir des flancs caverneux de ces montagnes des fleuves de lumière, qui se précipitent en lingots d'or et d'argent sur des rochers de corail. Ici ce sont de sombres rochers percés à jour qui laissent apercevoir par leurs ouvertures le bleu pur du firmament; là ce sont de longues grèves sablées d'or, qui s'étendent sur de riches fonds du ciel, ponceaux, écarlates, et verts comme l'émeraude. La réverbération de ces couleurs occidentales se répand sur la mer, dont elle glace les flots azurés de safran et de pourpre. Les matelots, appuyés sur les passavents du navire, admirent en silence ces paysages aériens. Quelquefois ce spectacle sublime se présente à eux à l'heure de la prière, et semble les inviter à lever leurs cœurs comme leurs yeux vers les cieux. Il change à chaque instant : bientôt ce qui était lumineux est simplement coloré, et ce qui était coloré est dans l'ombre. Les formes en sont aussi variables que les nuances; ce sont tour à tour des îles, des hameaux, des collines plantées de palmiers, de grands ponts qui traversent des fleuves, des campagnes d'or, d'améthyste, de rubis; ou plutôt ce n'est rien de tout cela: ce sont des couleurs et des formes célestes qu'aucun pinceau ne peut rendre, ni aucune langue exprimer.

RÉFLEXIONS SUR MON FRAISIER

La nature est infiniment étendue; non seulement son histoire générale, mais celle de la plus petite plante est bien au-dessus des forces humaines. Voici en quelle occasion je m'en suis convaincu.

Un jour d'été, pendant que je travaillais à mettre en ordre quelques observations sur les harmonies de ce globe, j'aperçus sur un fraisier qui était venu par hasard sur ma fenêtre, de petites mouches si jolies que l'envie me prit de les décrire. Le lendemain j'y en vis d'une autre sorte, que je décrivis encore. J'en observai pendant trois semaines trente espèces toutes différentes; mais il en vint à la fin en si grand nombre et d'une si grande variété, que je laissai là cette étude, quoique très amusante, parce que je manquais de loisir, et, pour dire la vérité, d'expression.

Les mouches que j'avais observées étaient distinguées les unes des autres par leurs couleurs, leurs formes et leurs allures. Il y en avait de dorées, d'argentées, de bronzées, de bleues, de vertes, etc. Les unes avaient la tête arrondie comme un turban; d'autres, allongée en pointe de clou; à quelques-unes elle paraissait obscure comme un point de velours noir ; elle étincelait à d'autres comme un rubis. Il n'y avait pas moins de variété dans leurs ailes : quelques-unes en avaient de longues et de brillantes comme des lames de nacre ; d'autres, de courtes et de larges, qui ressemblaient à des réseaux de la plus fine gaze. Chacune avait sa manière de les porter et de s'en servir. Les unes les portaient perpendiculairement, les autres horizontalement, et semblaient prendre plaisir à les étendre ; celles-ci volaient en tourbillonnant, à la manière des papillons ; celles-là s'élevaient en l'air en se dirigeant contre le vent par un mécanisme à peu près semblable à celui des cerfs-volants de papier, qui s'élèvent en formant avec l'axe du vent un angle, je crois, de vingt-deux degrés et demi. Les unes abordaient sur cette plante pour y déposer leurs œufs ; d'autres, simplement pour s'y mettre à l'abri du soleil. Mais la plupart y venaient pour des raisons qui m'étaient absolument inconnues ; car les unes allaient et venaient dans un mouvement perpétuel, tandis que d'autres ne remuaient que la partie postérieure de leur corps. Il y en avait beaucoup d'immobiles, et qui étaient peut-être occupées, comme moi, à observer. Je dédaignai comme suffisamment connues toutes les tribus des autres insectes qui étaient attirées sur mon fraisier : tels que les limaçons qui se nichaient sous les feuilles, les papillons qui voltigeaient autour, les scarabées qui en labouraient les

racines, les petits vers qui trouvaient le moyen de
vivre dans le parenchyme, c'est-à-dire dans l'épaisseur d'une feuille; les guêpes et les mouches à miel
qui bourdonnaient autour de ses fleurs, les pucerons
qui en suçaient les tiges, les fourmis qui léchaient
les pucerons, enfin les araignées qui, pour attraper
ces différentes proies, tendaient des filets dans le
voisinage...

En examinant les feuilles de ce végétal au moyen
d'une lentille de verre qui grossissait médiocrement,
je les ai trouvées divisées par compartiments hérissés
de poils, séparés par des canaux et parsemés de
glandes. Ces compartiments m'ont paru semblables
à de grands tapis de verdure; leurs poils, à des végétaux d'un ordre particulier, parmi lesquels il y en
avait de droits, d'inclinés, de fourchus, de creusés
en tuyaux, de l'extrémité desquels sortaient des
gouttes de liqueur; et leurs canaux, ainsi que leurs
glandes, me paraissaient remplis d'un fluide brillant... Or Dieu n'a rien fait en vain. Quand il dispose
un lieu propre à être habité, il y met des animaux;
il n'est pas borné par la petitesse de l'espace. Il en
a mis avec des nageoires dans de simples gouttes
d'eau, et en si grand nombre, que le physicien
Leuwenhoeck en a compté des milliers. On peut
donc croire, par analogie, qu'il y a des animaux qui
paissent sur les feuilles des plantes, comme les bes-
tiaux dans nos prairies; qui se couchent à l'ombre
de leurs poils imperceptibles, et qui boivent, dans

leurs glandes façonnées en soleil, des liqueurs d'or
et d'argent. Chaque partie des fleurs doit leur offrir
des spectacles dont nous n'avons point d'idée. Les
anthères jaunes des fleurs suspendues sur des filets
blancs leur présentent de doubles solives d'or en
équilibre sur des colonnes plus belles que l'ivoire;
les corolles, des voûtes de rubis et de topaze d'une
grandeur incommensurable; les nectaires, des fleuves
de sucre; les autres parties de la floraison, des
coupes, des urnes, des pavillons, des dômes que
l'architecture et l'orfèvrerie des hommes n'ont pas
core imités.

Je ne dis point ceci par conjecture; car un jour,
ayant examiné au microscope des fleurs de thym,
j'y distinguai avec la plus grande surprise de superbes amphores à long cou, du goulot desquelles
semblaient sortir des lingots d'or fondu. Je n'ai
jamais observé la simple corolle de la plus petite
fleur, que je ne l'aie vue composée d'une matière
admirable, demi-transparente, parsemée de brillants,
et teinte des plus vives couleurs. Les êtres qui vivent
sous leurs riches reflets doivent avoir d'autres idées
que nous de la lumière et des autres phénomènes
de la nature. Une goutte de rosée qui filtre dans les
tuyaux capillaires et diaphanes d'une plante, leur
présente des milliers de jets d'eau; fixée en boule
à l'extrémité d'un de ses poils, un océan sans rivage;
évaporée dans l'air, une mer aérienne.

IL FAUT LIRE DANS LE LIVRE DE LA NATURE

Les botanistes, pour me donner une idée des variétés de la germination, me montrent dans des bocaux une longue suite de graines nues, de toutes les formes; mais c'est la capsule qui les conserve, les aigrettes qui les ressèment, la branche élastique qui les lance au loin, qu'il m'importait d'examiner. Pour me montrer le caractère d'une fleur, ils me la font voir sèche, décolorée et étendue dans un herbier. Est-ce dans cet état que je reconnaîtrai un lis? N'est-ce pas sur le bord d'un ruisseau, élevant au milieu des herbes sa tige auguste, et réfléchissant dans les eaux ses beaux calices plus blancs que l'ivoire, que j'admirerai le roi des vallées? Sa blancheur incomparable n'est-elle pas encore plus éclatante quand elle est mouchetée, comme des gouttes de corail, par de petits scarabées écarlates hémisphériques, piquetés de noir, qui y cherchent presque toujours un asile? Qui est-ce qui peut connaître dans une rose sèche la reine des fleurs? Il faut la voir lorsque, sortant des fentes d'un rocher humide, elle brille sur sa propre verdure, que le zéphyr la balance sur sa tige hérissée d'épines, et que l'aurore l'a couverte de ses pleurs. Quelquefois une cantharide nichée dans sa corolle en relève le carmin par son vert d'émeraude ; c'est alors que cette fleur semble nous dire que, symbole du plaisir par ses charmes et par sa rapidité, elle porte, comme lui, le danger autour d'elle et le repentir dans son sein.

Quel spectacle nous présentent nos collections d'animaux dans nos cabinets? En vain l'art de Daubenton[1] leur rend une apparence de vie : quelque industrie qu'on emploie pour conserver leurs formes, leur attitude raide et immobile, leurs yeux fixes et mornes, leurs poils hérissés, nous disent que les traits de la mort les ont frappés. C'est là que la beauté même inspire de l'horreur, tandis que les objets les plus laids sont agréables lorsqu'ils sont à la place où Dieu les a mis. J'ai vu plus d'une fois avec plaisir des crabes sur le sable s'efforcer d'entamer avec leurs tenailles un gros coco, ou un singe velu se balancer au haut d'un arbre à l'extrémité d'une liane toute chargée de gousses et de fleurs brillantes. Nos livres sur la nature n'en sont que le roman, et nos cabinets que le tombeau.

[1] Anatomiste célèbre, le premier qui ait été autorisé en France à faire un cours public d'histoire naturelle; il est mort le 1er janvier 1800.

14

LE SOLEIL

Voyez comme le soleil environne constamment de
ses rayons une moitié de la terre, tandis que la nuit
couvre l'autre de son ombre. Il n'y a pas un point
des deux hémisphères où ne paraisse tour à tour une
ombre, un crépuscule, une aurore, un midi, un occident chargé de feux, et une nuit tantôt constellée,
tantôt ténébreuse. Les saisons s'y donnent la main
comme les heures du jour. Le printemps, couronné
de fleurs, y devance le char du soleil; l'été l'environne de ses moissons, l'automne le suit avec sa
couronne chargée de fruits. En vain l'hiver et la
nuit, retirés sous les pôles du monde, veulent
donner des bornes à sa magnifique carrière; en
vain ils élèvent du sein des mers australes et bo-
réales de nouveaux continents qui ont leurs vallées,
leurs montagnes et leurs clartés : le père du jour
renverse de ses flèches de feu ces ouvrages fantas-
tiques, et, sans sortir de son trône, il reprend l'empire de l'univers. Rien n'échappe à sa chaleur féconde. Du sein de l'Océan il élève dans les airs les
fleuves qui vont couler dans les deux mondes. Il
ordonne aux vents de les distribuer sur les îles et
sur les continents. Ces invisibles enfants de l'air les

transportent sous mille formes capricieuses. Tantôt ils les étendent dans le ciel comme des voiles d'or et des pavillons de soie; tantôt ils les roulent en forme d'horribles dragons et de lions rugissants qui vomissent le feu du tonnerre. Ils les versent sur les montagnes d'autant de manières différentes : en rosées, en pluies, en grêles, en neige, en torrents impétueux. Quelque bizarres que paraissent leurs services, chaque partie de la terre n'en reçoit, tous les ans, que sa portion d'eau accoutumée. Chaque fleuve remplit son urne, et chaque naïade sa coquille. Chemin faisant, ils déploient sur les plaines liquides de la mer la variété de leurs caractères. Les uns rident à peine la surface de ses flots, les autres la sillonnent en ondes d'azur; d'autres les bouleversent en mugissant et couvrent d'écume les hauts promontoires.

DIEU SEUL

Les riches et les puissants croient qu'on est misérable et hors du monde quand on ne vit pas comme eux; mais ce sont eux qui, vivant loin de la nature, vivent hors du monde. Ils vous trouveraient, ô éternelle beauté toujours ancienne et toujours nouvelle ! ô vie pure et bienheureuse de tous ceux qui vivent véritablement ! s'ils vous cherchaient seulement au dedans d'eux-mêmes. Si vous étiez un amas stérile d'or, ou un roi victorieux qui ne vivra pas demain, ils vous apercevraient, et vous attribueraient la puissance de leur donner quelque plaisir. Votre nature vaine occuperait leur vanité. Vous seriez un objet proportionné à leurs pensées craintives et rampantes. Mais, parce que vous êtes trop au dedans d'eux, où ils ne rentrent jamais, et trop magnifique au dehors, où vous vous répandez dans l'infini, vous leur êtes un Dieu caché. Ils vous ont perdu en se perdant. L'ordre et la beauté même que vous avez répandus sur toutes vos créatures, comme des degrés pour élever l'homme à vous, sont devenus des voiles qui vous dérobent à leurs yeux malades : ils n'en ont plus que pour voir des ombres. La lumière les éblouit. Ce qui n'est rien est tout pour eux; ce qui est tout ne leur semble rien. Cependant qui ne vous voit pas n'a rien vu, qui ne vous goûte point n'a jamais rien senti : il est comme s'il n'existait pas, et sa vie entière n'est qu'un songe malheureux.

Moi-même, ô mon Dieu ! égaré par une éducation trompeuse, j'ai cherché un vain bonheur dans le système des sciences, dans les armes, dans la faveur des grands, quelquefois dans de frivoles et dangereux plaisirs. Dans toutes ces agitations, je courais après le malheur, tandis que le bonheur était auprès de moi. Quand j'étais loin de ma patrie, je soupirais

après des biens que je n'y avais pas; et cependant
vous me faisiez connaître les biens sans nombre que
vous avez répandus sur la terre, qui est la patrie du
genre humain. Je m'inquiétais de ne tenir ni à aucun
grand ni à aucun corps; et j'ai été protégé par vous
dans mille dangers où ils ne peuvent rien. Je m'at-
tristais de vivre seul et sans considération, et vous
m'avez appris que la solitude vaut mieux que le
séjour des cours, et que la liberté est préférable à la
grandeur.

Je n'ai cessé d'être heureux que quand j'ai cessé
de me fier à vous. O mon Dieu! donnez à ces travaux d'un homme, je ne dis pas la durée ou l'esprit
de vie, mais la fraîcheur du moindre de vos ouvrages! Que leurs grâces divines passent dans mes
écrits, et ramènent mon siècle à vous, comme elles
m'y ont ramené moi-même. Contre vous toute puissance est faiblesse; avec vous toute faiblesse devient
puissance. Quand les rudes aquilons ont ravagé la
terre, vous appelez le plus faible des vents : à votre
voix le zéphyr souffle, la verdure renaît, les douces
primevères et les humbles violettes colorent d'or et
de pourpre les seins des noirs rochers.

LA TERRE AU MOIS D'AVRIL

Dans nos climats tempérés on voit se développer, dès les premiers jours d'avril, au milieu des sombres forêts, les réseaux de la pervenche et ceux de l'*anémona nemorosa,* qui recouvrent d'un long tapis vert et lustré les mousses et les feuilles détachées par l'année précédente. Cependant à l'orée des bois on voit déjà fleurir les primevères, les violettes et les marguerites, qui bientôt disparaissent en partie, pour faire place, en mai, à l'hyacinthe bleue, à la croisette jaune, qui sent le miel, au muguet parfumé, au genêt doré, au bassinet doré et vernissé, et au trèfle rouge et blanc, si bien allié aux graminées. Bientôt les orties blanches et jaunes, les fleurs du fraisier, celles du sceau-de-Salomon, sont remplacées par des coquelicots et des bluets, qui éclosent dans des oppositions ravissantes ; les églantiers épanouissent leurs guirlandes fraîches et variées, les fraises se colorent, les chèvrefeuilles parfument les airs; on voit ensuite les vipérines d'un bleu pourpré, les bouillons-blancs, avec leurs longues quenouilles de fleurs soufrées et odorantes, les scabieuses battues des vents, les ansérines, les champignons et les asclépias, qui restent bien avant dans l'hiver, où végètent des mousses de la plus tendre verdure.

Toutes les fleurs paraissent successivement sur la même scène. Le gazon, dont la couleur est uniforme, sert de fond à ce riche tableau.

Quand ces plantes ont fleuri et donné leurs graines, la plupart s'enfoncent et se cachent pour renaître avec d'autres printemps. Il y en a qui durent toute l'année, comme la pâquerette et le pissenlit; d'autres s'épanouissent pendant cinq jours, après lesquels elles disparaissent entièrement : ce sont les éphémères de la végétation.

Les agréments de nos forêts ne le cèdent pas à ceux de nos champs. Si les bois ne renouvellent point leurs arbres avec les saisons, chaque espèce présente, dans le cours de l'année, les progrès de la prairie. D'abord les buissons donnent leurs fleurs; les chèvrefeuilles déroulent leur tendre verdure; l'aubépine parfumée se couvre de nombreux bouquets; les ronces laissent pendre leurs grappes d'un bleu mourant; les mérisiers sauvages embaument les airs, et semblent couverts de neige au milieu du printemps; les néfliers entr'ouvrent leurs larges fleurs aux extrémités d'un rameau cotonneux; les ormes donnent leurs fruits, les hêtres développent leurs superbes feuillages, et enfin le chêne majestueux se couvre le dernier de ses feuilles épaisses, qui doivent résister à l'hiver.

Comme dans les vertes prairies les fleurs se déta-

chent du fond par l'éclat de leurs couleurs, de même
les rameaux fleuris des arbrisseaux se détachent du
feuillage des grands arbres. L'hiver présente de
nouveaux accords ; car alors les fruits noirs du
troène, la mûre d'un bleu sombre, le fruit de
corail de l'églantier, la baie du myrtille, brillent
souvent au sein des neiges, et offrent aux petits
oiseaux leur nourriture et un asile pendant la saison
rigoureuse.

Mais comment exprimer les ravissantes harmonies
des vents qui agitent le sommet des graminées, et
changent la prairie en une mer de verdure et de
fleurs ! et celles des forêts, où les chênes antiques
agitent leurs sommets vénérables, le bouleau ses
feuilles pendantes, et les sombres sapins leurs
longues flèches toujours vertes ! Du sein de ces
forêts s'échappent de doux murmures, et s'exhalent
mille parfums qui influent sur les qualités de l'air.
Le matin, au lever de l'aurore, tout est chargé de
gouttes de rosée qui argentent les flancs des collines
et les bords des ruisseaux; tout se meut au gré des
vents ; de longs rayons de soleil dorent la cime des
arbres et traversent les forêts. Cependant des êtres
d'un autre ordre, des nuées de papillons peints de
mille couleurs volent sans bruit sur les fleurs ; ici
l'abeille et le bourdon murmurent ; là les oiseaux
font leurs nids ; les airs retentissent de mille chansons. Les notes monotones du coucou et de la tour-
terelle servent de basse aux ravissants concerts du

rossignol et aux accords vifs et gais de la fauvette.
La prairie a aussi ses oiseaux : les cailles qui couvent
sous les herbes, les alouettes qui s'élèvent vers le
ciel au-dessus de leurs nids; on en entend de tous
côtés les accents maternels. Oh! qu'il est doux alors
de quitter les cités qui ne retentissent que du bruit
des marteaux des ouvriers et de celui des lourdes
charrettes, ou des carrosses qui menacent l'homme
à pied, pour errer dans les bois, sur les collines,
au fond des vallons, sur des pelouses plus douces
que les tapis de la Savonnerie, et qu'embellissent
chaque jour de nouvelles fleurs et de nouveaux
parfums.

LES TOMBEAUX

Un tombeau est un monument placé sur les limites des deux mondes. Il nous présente d'abord la
fin des vaines inquiétudes de la vie et l'image d'un
éternel repos; ensuite il élève en nous le sentiment
confus d'une immortalité heureuse, dont les proba-
bilités augmentent à mesure que celui dont il nous
rappelle la mémoire a été plus vertueux. C'est là
que se fixe notre vénération; et cela est si vrai,
que, quoiqu'il n'y ait aucune différence entre la

cendre de Socrate et celle de Néron, personne ne voudrait avoir dans ses bosquets celle de l'empereur romain, quand même elle serait renfermée dans une urne d'argent; et qu'il n'y a personne qui ne mît celle du philosophe dans le lieu le plus honorable de son appartement, quand elle ne serait que dans un vase d'argile.

C'est donc par cet instinct intellectuel pour la vertu que les tombeaux des grands hommes nous inspirent une vénération si touchante. C'est par le même sentiment que ceux qui renferment des objets qui ont été aimables nous donnent tant de regrets. Voilà pourquoi nous sommes émus à la vue du petit tertre qui couvre les cendres d'un enfant aimable par le souvenir de son innocence; voilà encore pourquoi nous voyons avec tant d'attendrissement une tombe sous laquelle repose une jeune femme, l'amour et l'espérance de sa famille par ses vertus. Il ne faut pas, pour rendre recommandables ces monuments, des marbres, des bronzes, des dorures: plus ils sont simples, plus ils donnent d'énergie au sentiment de la mélancolie. Ils font plus d'effet pauvres que riches, antiques que modernes, avec des détails d'infortune qu'avec des titres d'honneur, avec des attributs de la nature qu'avec ceux de la puissance.

C'est surtout à la campagne que leur impression se fait vivement sentir; une simple fosse fait souvent verser plus de larmes que les catafalques dans les

cathédrales ; c'est là que la douleur prend de la
sublimité : elle s'élève avec les vieux ifs des cime-
tières ; elle s'étend avec les plaines et les collines
d'alentour; elle s'allie avec tous les effets de la nature : le lever de l'aurore, le murmure des vents, le
coucher du soleil et les ténèbres de la nuit. Les
travaux les plus rudes et les destinées les plus humi-
liantes n'en peuvent éteindre l'impression dans les
cœurs les plus misérables.

HARMONIE DES MOISSONS

Il est remarquable que nous trouvons dans nos
moissons cette charmante nuance de vert, qui naît
de l'alliance de deux couleurs primordiales oppo-
sées : le jaune et le bleu. Cette couleur harmonique
se décompose à son tour par une autre métamorphose, vers le temps de la moisson, en trois couleurs primordiales, qui sont : le jaune des blés, le
rouge des coquelicots et l'azur des bluets. Ces deux
plantes se trouvent toujours dans les blés de l'Europe, quelque soin que les laboureurs prennent de
les sarcler et de les vanner. Elles forment par leur
harmonie une teinte pourpre très riche, qui se détache admirablement sur la couleur fauve des moissons. Si on étudie ces deux plantes à part, on trou-

véra entre elles beaucoup de contrastes particuliers ;
car le bluet a des feuilles menues, et le pavot les a
larges et découpées ; le bluet a les corolles de ses
fleurs rayonnantes et d'un bleu tendre, et le pavot a
les siennes larges et d'un rouge foncé ; le bluet jette
ses tiges divergentes, et le pavot les porte droites.
On trouve encore dans les blés la nielle, qui s'élève
à la hauteur de leurs épis, avec de jolies fleurs purpurines en trompette ; et le convolvulus à fleur
couleur de chair qui grimpe autour de leurs chalu-
maux et les entoure de verdure comme des thyrses.
Il y a encore plusieurs autres végétaux qui ont coutume d'y croître et d'y former d'agréables contrastes ;
la plupart exhalent de douces odeurs, et quand le
vent les agite, vous diriez, à leurs ondulations, d'une
mer de verdure et de fleurs. Joignez-y un certain
frissonnement d'épis fort agréable, qui invite au
sommeil par un doux murmure.

Ces aimables forêts ne sont pas sans habitants. On
voit courir sous leurs ombrages le scarabée vert à
raies d'or, et le monocéros couleur de café brûlé.
Ce dernier insecte se plaît dans les fumiers de
cheval, et il porte sur la tête un soc dont il remue
la terre comme un laboureur. Il y a encore plusieurs
contrastes charmants dans les mouches et les papillons qui sont attirés par les fleurs des moissons, et
dans les mœurs des oiseaux qui les habitent. L'hirondelle voyageuse plane sans cesse à leur surface
ondoyante, comme sur un lac, tandis que l'alouette

sédentaire s'élève à pic au-dessus d'elles, en chantant à la vue de son nid. La perdrix domiciliée et la caille passagère y nourrissent également leurs petits. Souvent un lièvre place son gîte dans le voisinage et y broute en paix les laiterons. Ces animaux ont avec l'homme des relations d'utilité par leur fécondité et leurs fourrures. Il est remarquable qu'on les trouve dans toutes les moissons de l'Europe, et que leurs espèces sont variées comme les différents sites que l'homme devait habiter; car il y a des espèces différentes de cailles, de perdrix, d'alouettes, d'hirondelles et de lièvres, pour les plaines, les montagnes, les landes, les prairies, les forêts et les rochers.

Quant aux blés, ils ont des rapports innombrables avec les besoins de l'homme et de ses animaux domestiques. Ils ne sont ni trop hauts ni trop bas pour sa taille; ils sont faciles à manier et à recueillir. Ils donnent des grains à sa poule, du son à son porc, du fourrage et des litières à son cheval et à son bœuf. Chaque plante qui croît a des vertus particulièrement assorties aux maladies auxquelles les laboureurs sont sujets. Le pavot des champs guérit la pleurésie; il procure le sommeil; il apaise les hémorragies et le crachement de sang. Le bluet est diurétique, vulnéraire, cordial et rafraîchissant; il guérit les piqûres des bêtes venimeuses et l'inflammation des yeux. Ainsi un laboureur trouve toute sa pharmacie dans ses guérets.

La culture des blés lui présente bien d'autres concerts agréables avec la vie humaine. Il connaît à leurs ombres les heures du jour; à leurs accroissements, les rapides saisons; et il ne compte ses années fugitives que par leurs récoltes innocentes. Ses travaux sont toujours surpassés par les bienfaits de la nature. Dès que le soleil est au signe de la Vierge, il rassemble ses parents, il invite ses voisins, et dès l'aurore il entre avec eux, la faucille à la main, dans ses blés mûrs. Son cœur palpite de joie en voyant ses gerbes s'accumuler, et ses enfants danser autour d'elles, couronnés de bluets et de coquelicots; leurs jeux lui rappellent ceux de son premier âge et la mémoire de ses vertueux ancêtres, qu'il espère revoir un jour dans un monde plus heureux. Il ne doute pas qu'il n'y ait un Dieu à la vue de ses moissons et aux douces époques qu'elles ramènent à son souvenir; il le remercie d'avoir lié la société passagère des hommes par une chaîne éternelle de bienfaits.

Prés fleuris, majestueuses et murmurantes forêts, fontaines mousseuses, sauvages rochers fréquentés de la seule colombe, aimables solitudes qui nous ravissez par d'ineffables concerts, heureux qui pourra lever le voile qui couvre vos charmes secrets! mais plus heureux encore celui qui peut les goûter en paix dans le patrimoine de ses pères!

LE CHANT DES OISEAUX

L'auteur de la nature a jugé l'harmonie des sons si nécessaire à l'homme, qu'il n'y a point de site sur la terre qui n'ait son oiseau chantant. Le serin des Canaries fréquente ordinairement, dans ces îles, les ravines caillouteuses des montagnes. Le chardonneret se plaît dans les dunes sablonneuses, l'alouette dans les prairies, le rossignol dans les bocages le long des ruisseaux; le bouvreuil, dont le chant est si doux, dans l'épine blanche; la grive, la fauvette, le verdier et tous les oiseaux qui chantent ont leur poste favori. Il est très remarquable que partout ils ont l'instinct de se rapprocher de l'habitation de l'homme: s'il y a une cabane dans une forêt, tous les oiseaux chantants du voisinage viennent s'établir aux environs; on n'en trouve même qu'auprès des lieux habités. J'ai fait plus de six cents lieues dans les forêts de la Russie, et je n'y ai jamais vu de petits oiseaux qu'aux environs des villages. En faisant la visite des places dans la Finlande russe, avec les généraux du corps du génie où je servais, nous faisions quelquefois vingt lieues dans un jour sans rencontrer sur la route ni village ni oiseau. Mais quand nous apercevions voltiger des moineaux dans les arbres, nous jugions que nous étions près de quelque lieu habité : cet indice ne nous a jamais trompés. Je le rapporte d'autant plus volontiers, qu'il peut quelquefois servir à des gens égarés dans les bois. Garcilaso de la Véga raconte que son père, ayant été détaché du Pérou avec une compagnie d'Espagnols pour faire des découvertes au delà des Cordillères, pensa mourir de faim au milieu de leurs vallées et leurs frontières inhabitées. Il n'en serait jamais sorti s'il n'eût aperçu en l'air une volée de perroquets, qui lui fit soupçonner qu'il y avait des habitations quelque part aux environs. Il se dirigea sur le rumb de vent qu'avaient suivi les perroquets, et parvint, après des fatigues incroyables, à une peuplade d'Indiens qui cultivaient des champs de maïs. Nous observons que la nature n'a donné aucun chant agréable aux oiseaux de marine et de rivière, parce qu'il eût été étouffé par le bruit des eaux, et que l'oreille humaine n'eût pu en jouir à la distance où ils vivent de la terre. S'il y a des cygnes qui chantent comme on l'a prétendu, leur chant ne doit avoir que peu de modulations, et ressembler aux cris des canards et des oies ; celui des cygnes sauvages qui sont venus dernièrement s'établir à Chantilly n'a que quatre ou cinq notes. Les oiseaux aquatiques ont des cris perçants propres à se faire entendre dans les régions des vents et des tempêtes qu'ils habitent, et qui ont des conve-

nances parfaites avec eurs sites brillants et leurs
solitudes mélancoliques. Les mélodies des oiseaux
de chantont de pareilles relations avec les sites qu'ils
occupent, et même avec les distances où ils vivent
de nos habitations. L'alouette, qui fait son nid dans
nos olés, et qui aime à s'y élever à perte de vue, se
fait entendre lors même qu'on ne l'aperçoit plus.
L'hirondelle, qui frise en volant les parois de nos
maisons, et qui repose sur nos cheminées, a un
petit gazouillement doux, qui n'est point étour-
dissant, comme serait celui des oiseaux de bocage;
mais le rossignol solitaire se fait ouïr à plus d'une
demi-lieue. Il se méfie du voisinage de l'homme,
et cependant il se place toujours à la vue de son
habitation et à la portée de son ouïe. Il choisit,
pour cet effet, les lieux les plus retentissants, afin
que leurs échos donnent plus d'action à sa voix.
Quand il s'est établi dans son orchestre, il chante
alors un drame inconnu, qui a son exorde, son
exposition, ses récits, ses événements, entremêlés
tantôt des sons de la joie la plus éclatante, tantôt des ressouvenirs amers et lamentables, qu'il
exprime par de longs soupirs. Il se fait entendre
au commencement de la saison où la nature se
renouvelle, et semble présenter à l'homme un
tableau de la carrière inquiète qu'il doit parcourir.

Chaque oiseau a une voix convenable au temps
et au poste où il se montre, et relative aux besoins
de l'homme. Le cri perçant du coq le réveille au

15

point du jour pour les travaux; le chant gai de l'alouette dans la prairie invite les bergères aux danses; la grive gourmande, qui ne paraît qu'en automne, appelle aux vendanges les rustiques vignerons. L'homme seul, de son côté, est attentif aux accents des oiseaux. Jamais le cerf, qui verse des pleurs sur ses propres malheurs, ne soupira à ceux de la plaintive philomèle; jamais le bœuf laboureur, mené à la boucherie après de pénibles services, ne retourna sa tête vers elle en lui disant: « Oiseau solitaire, voyez comme l'homme récompense ses serviteurs! » La nature a répandu ses distractions et ces consonances de fortune sur des êtres volatiles, afin que notre âme, susceptible de tous les maux, trouvant partout à les étendre, pût partout en affaiblir le poids. Elle a rendu capables de ces communications les corps même insensibles. Souvent elle nous présente au milieu des scènes qui affligent notre vue d'autres scènes qui réjouissent notre ouïe et nous rappellent d'intéressants souvenirs. C'est ainsi que, du sein des forêts elle nous transporte sur le bord des eaux, par le frémissement des trembles et des peupliers. D'autres fois elle nous apporte sur le bord des ruisseaux les bruits de la mer et des manœuvres des navires, par le murmure des roseaux agités par les vents. Quand elle ne peut séduire notre raison par des images étrangères, elle l'assoupit par le charme du sentiment; elle fait sortir du sein des forêts, des prairies et des vallons, des bruits ineffables, qui excitent en nous de douces rêveries, et nous plongent dans de profonds sommeils.

LES MOUVEMENTS

Je ne crois pas qu'il y ait un seul lieu sur la terre où il n'y ait quelque corps en mouvement. Je me suis trouvé bien des fois au milieu des plus vastes solitudes, de jour et de nuit, par les plus grands calmes, et j'y ai toujours entendu quelque bruit; souvent, à la vérité, c'est celui d'un oiseau qui vole, ou d'un insecte qui remue une feuille, mais ce bruit suppose toujours du mouvement.

Le mouvement est l'expression de la vie. Voilà pourquoi la nature en a multiplié les causes dans tous ses ouvrages. Un des grands charmes des paysages est d'y voir du mouvement, et c'est ce que les tableaux de la plupart de nos peintres manquent souvent d'exprimer. Si vous en exceptez ceux qui représentent des tempêtes, vous trouverez partout ailleurs leurs forêts et leurs prairies immobiles, et les eaux de leurs lacs glacées. Cependant les retroussis des feuilles des arbres, frappés en dessous de gris et de blanc, les ondulations des herbes dans

les vallées et sur les croupes des montagnes, celles
qui rident la surface polie des eaux et les écumes
qui blanchissent les rivages rappellent avec grand
plaisir, dans une scène brûlante de l'été, le souffle
si agréable des zéphirs. On peut y joindre avec une
grâce infinie les mouvements particuliers aux animaux qui les habitent : par exemple, les cercles
concentriques qu'un plongeon forme sur la surface
de l'eau, le vol d'un oiseau de marine qui part de
dessus un tertre, les pattes allongées en arrière
et le cou tendu en avant; celui de deux tourterelles
blanches qui filent côte à côte dans l'ombre, le
long d'une forêt; le balancement d'une bergeronnette
à l'extrémité d'une feuille de roseau qui se courbe
sous son poids. On peut y faire sentir même le
mouvement et le poids d'un lourd chariot qui gra-
vit dans une montagne en y exprimant la poussière
des cailloux broyés qui s'élèvent de dessous ses
roues.

L'ILE DE FRANCE

UN PAYSAGE DE L'ILE DE FRANCE

Elle est exposée au vent perpétuel du sud-est,
qui empêche les forêts qui la recouvre de s'étendre
jusqu'au bord de la mer; mais une large lisière de
gazon d'un beau vert gris, qui l'environne, en faci-
lite la communication tout autour, et s'harmonise
d'un côté avec la verdure des bois, et de l'autre
avec l'azur des flots. La vue se trouve ainsi partagée
en deux aspects, l'un terrestre, et l'autre maritime.
Celui de la terre présente des collines qui fuient
les unes derrière les autres, en amphithéâtre, et
dont les contours, couverts d'arbres en pyramides,
se profilent avec majesté sous la voûte des cieux.
Au-dessus de ces forêts s'élève comme une seconde
forêt de palmistes, qui balancent au-dessus des
forêts solitaires leurs longues colonnes couronnées
d'un panache de palmes et surmontées d'une lance.
Les montagnes de l'intérieur présentent au loin des
plateaux de rochers garnis de grands arbres et de
lianes pendantes qui flottent, comme des draperies,
au gré des vents. Elles sont surmontées de hauts
pitons, autour desquels se rassemblent sans cesse
des nuées pluvieuses; et lorsque les rayons du

soleil les éclairent, on voit les couleurs de l'arc-en-ciel se peindre sur leurs escarpements, et les eaux des pluies couler sur leurs flancs bruns en nappes blanches de cristal ou en longs filets d'argent. Aucun obstacle n'empêche de parcourir les bords qui tapissent leurs flancs et leurs bases; car les ruisseaux qui descendent des montagnes présentent le long de leurs rives des lisières de sables, ou de larges plateaux de roches qu'ils ont dépouillés de leur terre. De plus, ils frayent un libre passage depuis leurs sources jusqu'à leurs embouchures, en détruisant les arbres qui croîtraient dans leurs lits et en fertilisant ceux qui naissent sur leurs bords, et ils ménagent au-dessus d'eux, dans tout leur cours, de grandes voûtes de verdures qui fuient en perspective, et qu'on aperçoit des bords de la mer. Des lianes s'entrelacent dans les cintres de ces voûtes, assurent leurs arcades contre les vents, et les décorent de la manière la plus agréable, en opposant à leurs feuillages et à leur verdure des guirlandes de fleurs brillantes ou de gousses colo-rées. Si quelque arbre tombe de vétusté, la nature, qui hâte partout la destruction de tous les êtres inutiles, couvre son front de capillaires du plus beau vert, et d'agarics ondés de jaune, d'aurore et de pourpre, qui se nourrissent de ses débris. Du côté de la mer, le gazon qui termine l'île est parsemé çà et là de bosquets de lataniers, dont les palmes faites en éventail et attachées à des queues souples, rayon-

nent en l'air comme des soleils de verdure. Ces
lataniers s'avancent jusque dans la mer sur des caps
de l'île, avec les oiseaux de la terre qui les habitent,
tandis que de petites baies, où nagent une multitude d'oiseaux de marine, et qui sont, pour ainsi
dire, pavées de madrépores couleur de fleurs de
pêcher, de roches noires couvertes de nérites couleur
de rose, et de toutes sortes de coquillages, pénètrent
dans l'île et réfléchissent comme des miroirs tous
les objets de la terre et des cieux. Vous croiriez y
voir les oiseaux voler dans l'eau et les poissons
nager dans les arbres, et vous diriez le mariage de
la terre et de l'Océan qui entrelacent et confondent
leurs domaines.

BEAUTÉS DE LA NATURE DANS LE GENRE VÉGÉTAL

Que de beautés décorent l'architecture de ce globe,
et le rendent habitable aux êtres sensibles ! Une
ceinture de palmiers auxquels sont suspendus la
datte et le coco l'entoure entre les brûlants tropiques, et des forêts de sapins moussus le couronnent
sous les cercles polaires. D'autres végétaux s'étendent comme des rayons, du midi au nord, et viennent
expirer à différents degrés. Le bananier s'avance

depuis la ligne jusqu'aux bords de la Méditerranée.
L'oranger passe la mer, et borde de ses fruits dorés
les rivages méridionaux de l'Europe. Les plus nécessaires, comme le blé et les graminées, pénètrent le
plus loin, et, forts de leur faiblesse, s'étendent à l'abri
des vallées, depuis les bords du Gange jusqu'à ceux
de la mer Glaciale. D'autres, plus robustes, partent
des rudes climats du Nord, s'avancent sur les croupes du Taurus, et arrivent, à la faveur des neiges,
jusque dans le sein de la zone torride. Les sapins et
les cèdres couronnent les montagnes de l'Arabie et
du royaume de Cachemire, et voient à leurs pieds
les plaines brûlantes d'Aden et de Lahore, où se
recueillent la datte et la canne à sucre. D'autres
arbres, ennemis à la fois du chaud et du froid, ont
leur centre dans les zones tempérées. La vigne
languit en Allemagne et au Sénégal. Le pommier,
l'arbre de ma patrie, n'a jamais vu le soleil à plomb
sur sa tête, en décrivant autour de lui le cercle
entier de l'horizon, mûrir ses beaux fruits. Mais
chaque sol a sa Flore et sa Pomone. Les rochers,
les marais, les vases, les sables ont des végétaux qui
leur sont propres. Les écueils même de la mer sont
sensibles. Le cocotier ne se plaît que dans les sables
marins, où il laisse pendre ses fruits pleins de lait
au-dessus des flots salés. D'autres plantes sont subordonnées aux vents, aux saisons et aux heures
du jour avec tant de précision, que Linné en avait
formé des almanachs et des horloges botaniques. Qui

pourrait décrire la variété infinie de leurs figures?
Que de berceaux, de voûtes, d'avenues, de pyramides de verdure chargées de fruits offrent de ravissantes habitations! que d'heureuses républiques
vivent sous leurs tranquilles ombrages! que de
banquets délicieux y sont préparés! Rien n'en est
perdu. Les quadrupèdes en mangent les tendres
feuillages; les oiseaux, les semences; d'autres animaux, les racines et les écorces; les insectes en
ont la desserte, leurs légions infinies sont armées
de toutes sortes d'instruments pour les recueillir.
Les abeilles ont sur leurs cuisses des cuillers gar-
nies de poils pour ramasser les poussières de leurs
fleurs; les mouches, des pompes pour en sucer la
sève; les vers, des tarières, des vilebrequins et des
râpes pour en dépecer les parties solides; et les
fourmis, des pinces pour en emporter les miettes.
A la diversité des formes, des mœurs, des gouvernements, et aux guerres perpétuelles de tous ces
animaux, vous diriez une multitude de nations
étrangères et ennemies qui vont bientôt s'entre-
détruire. A la constance de leurs liaisons, à la perpétuité de leurs espèces, à leur admirable harmonie
avec toutes les parties du règne végétal, vous diriez
un seul peuple qui a sa noblesse domaniale, ses
charpentiers, ses pompiers et ses artisans.

DESCRIPTION D'UN LIEU IMAGINAIRE

Supposons le terroir le plus ingrat, un écueil sur nos côtes à l'embouchure d'un fleuve escarpé du côté de la mer, et en pente douce de celui de la terre ; que, du côté de la mer, les flots couvrent d'écume ses rochers revêtus de varechs, de fucus et d'algues de toutes les couleurs et de toutes les formes, vertes, brunes, purpurines, en houppes et en guirlandes, comme j'en ai vu sur les côtes de Normandie à des roches de marne blanche que la mer détache de ses falaises ; que, du côté du fleuve, on voie sur son sable jaune un gazon fin mêlé d'un peu de trèfle, et çà et là quelques saules, non pas comme ceux de nos prairies, mais avec leur crue naturelle, et semblables à ceux que j'ai vus sur les bords de la Sprée, aux environs de Berlin, qui avaient une large cime et plus de cinquante pieds de hauteur ; n'y oublions pas l'harmonie des différents âges, si agréable à rencontrer dans toute espèce d'agrégation, mais surtout dans celle des végétaux ; qu'on voie de ces saules lisses et remplis de suc dresser en l'air leurs jeunes rameaux, et d'autres, bien vieux, dont la cime soit pendante et les troncs

caverneux ; ajoutons-y leurs plantes auxiliaires, telles
que des mousses vertes et des lichens dorés qui
marbrent leurs écorces grises, et quelques-uns de
ces convolvulus appelés chemises de Notre-Dame,
qui se plaisent à grimper sur leur tronc et à en gar-
nir les branches, sans fleurs apparentes, de leurs
feuilles en cœur et de fleurs évidées en cloches
blanches comme la neige ; mettons-y les habitants
naturels au saule et à ces plantes, leurs papillons, leurs mouches, leurs scarabées et leurs autres insectes, avec les volatiles qui leur font la
guerre, tels que les demoiselles aquatiques, polies
comme l'acier bruni, qui les attrapent en l'air, des
bergeronnettes qui les poursuivent à terre en ho-
chant la queue, et des martins-pêcheurs qui les
prennent à fleur d'eau : vous verrez naître d'une
seule espèce d'arbre une multitude d'harmonies
agréables.

Cependant elles sont encore imparfaites.

Opposons au saule l'aune, qui se plaît comme lui
sur les bords des fleuves, et qui, par sa forme pa-
reille à celle d'une longue tour, son feuillage large,
sa verdure sombre, ses racines charnues, faites
comme des cordes qui courent le long des rivages,
dont elles lient les terres, contraste en tout avec la
masse étendue, la feuille légère, la verdure frappée
de blanc, et les racines pivotantes du saule ; ajoutons-y les individus de l'aune des différents âges qui
s'élèvent comme autant d'obélisques de verdure,

avec leurs plantes parasites, telles que des capillaires
qui rayonnent en étoiles sur leur tronc humide, de
longues scolopendres qui pendent de leurs rameaux
jusqu'à terre, et les autres accessoires en insectes
et en oiseaux, et même en quadrupèdes, qui con-
trastent probablement en formes, en couleurs, en
allures et en instincts avec ceux du saule : nous
aurons, avec deux genres d'arbres, un concert ravis-
sant de végétaux et d'animaux. Si nous éclairons
ces bosquets des premiers rayons de l'aurore, nous
verrons à la fois des ombres fortes et transparentes
se répandre sur le gazon, une verdure sombre et une
verdure argentée se découper sur l'azur des cieux,
et leurs doux reflets, confondus ensemble, se mou-
voir au sein des eaux.

LES GRAMINÉES

C'est dans la famille des graminées, si j'ose dire,
cosmopolite, que la nature a placé le principal aliment de l'homme; car les blés, dont tant de peuples
subsistent, ne sont que des espèces de graminées. Il
n'y a point de terre où il ne puisse croître quelque
espèce de blé. Homère, qui avait si bien étudié la
nature, caractérise souvent chaque pays par le végétal
qui lui est propre. Il vante une île pour ses raisins,

une autre pour ses oliviers, une autre pour ses lauriers, une autre pour ses palmiers; mais il ne donne à la terre que l'épithète générale de *zeidora*, ou porte-blé. En effet, la nature en a formé pour croître dans tous les sites, depuis la ligne jusqu'aux bords de la mer Glaciale. Il y en a pour les lieux humides des pays chauds, comme le riz de l'Asie, qui vient en abondance dans les vases du Gange. Il y en a pour les lieux marécageux des pays froids, comme une espèce de folle-avoine qui croît naturellement sur les bords des fleuves de l'Amérique septentrionale, et dont plusieurs nations sauvages font, chaque année, d'abondantes récoltes. D'autres blés réussissent à merveille sur les terres chaudes et sèches, comme le millet et le panic, en Afrique, et le maïs au Brésil. Dans nos climats, le froment se plaît dans les terres fortes; le seigle, dans les sables; le sarrasin, sur les coteaux pluvieux; l'avoine, dans les plaines humides; l'orge, dans les rochers. L'orge réussit jusque dans le fond du Nord. J'en ai vu, par le 61° degré de latitude nord, dans les roches de la Finlande, des récoltes aussi belles qu'en aient jamais produit les champs de la Palestine. Le blé suffit à tous les besoins de l'homme. Avec sa paille, il peut se loger, se couvrir, se chauffer, et nourrir ses brebis, sa vache et son cheval; avec son grain, il fait des aliments et des boissons de toutes sortes de saveurs. Les peuples du Nord en brassent de la bière, et en tirent des eaux-de-vie plus fortes que celles du vin :

telles sont celles de Dantzick. Les Chinois font avec le riz un vin aussi agréable que le meilleur vin d'Espagne. Les Brésiliens préparent avec le maïs leur ouicou. Enfin, avec l'avoine torréfiée, on peut faire des crèmes qui ont le parfum de la vanille. Si nous joignons à ces qualités celles des autres plantes domestiques, dont la plupart croissent aussi par toute la terre, nous y trouverons les saveurs du girofle, du poivre, des épiceries, et, sans sortir de nos jardins, nous rassemblerons les jouissances dispersées dans le reste des végétaux.

FIN

TABLE

16328. — Tours, impr. Mame.

www.ingramcontent.com/pod-product-compliance
Lightning Source LLC
Chambersburg PA
CBHW051523050726
47503CB00014B/1189